Daniela Alge

# Eiskalte Spur

## Waldingers vierter Fall

**Daniela Alge**

geboren 1975 im Bregenzerwald und aufgewachsen in Bizau, lebt heute mit ihrem Mann und drei gemeinsamen Kindern auf einem Hof bei Wangen im Allgäu. Im Lesen und Schreiben findet die gelernte Pädagogin ihre kleinen Auszeiten vom Alltag.

Von Daniela Alge bisher erschienen:

*Kathrinatag*

*Fehltritt mit Folgen*

*Wolfsmörder*

http://algedaniela.jimdo.com/

Daniela Alge

# Eiskalte Spur

Waldingers vierter Fall

federfrei
www.federfrei.at

1. Auflage
Marchtrenk, 2016
www.federfrei.at

Umschlagabbildung: © Andriy Solovyov, Fotolia
Lektorat: S. Bähr
Satz und Layout: Verlag federfrei
Druck und Bindung: Finidr s.r.o.

ISBN 978-3-903092-47-1

»Lang deckt der Schnee die Alpen zu,
Lawinen wirft die Kanisfluh.«

## Bizau, Samstag 10. Dezember

Reinhold Waldinger wurde es beim morgendlichen Blick aus dem Fenster warm ums Herz. Unbemerkt und leise, groß angekündigt und sehnsüchtig erwartet, hatte der Schneefall in der Nacht eingesetzt und weite Teile Österreichs in eine weißen Decke gehüllt. Es juckte ihn in den Fingern. Im Eiltempo zog er sich an, schlüpfte in die am Vortag bereitgestellten Winterstiefel und eilte nach draußen, um sich die Schneeflocken ins Gesicht schneien zu lassen. Tief atmete er die frische Luft ein, holte die Schippe aus der Garage, und mit Schwung und Kraft schaufelte er den Schnee auf einen Haufen.

Das kratzende Geräusch der Schaufel auf den Pflastersteinen übertönte beinahe die Kirchenglocken, die bei diesem dichten Schneetreiben nur gedämpft aus dem Dorf herauf klangen. Er hielt kurz inne und horchte. Eine Stimme erklang vom Haus.

»Nolde, dein Tee wird kalt.«

Er drehte sich um. Energisch schloss seine Frau Helga das Küchenfenster.

Die Wärme um Waldingers Herz verabschiedete sich, sie machte einem Frösteln Platz. Unbewusst schüttelte er den Kopf, und die schmelzenden Schneeflocken tropften von den leicht ergrauten Haaren in den Nacken.

Helgas Ausflug, an den hatte er heute Morgen noch gar nicht gedacht. Er brummte vor sich hin und kratzte weiter auf den Pflastersteinen herum. Warum verdarb sie ihm die Freude über den ersten Schnee schon vor dem Frühstück?

Immer kräftiger und schneller bewegte er die Schneeschaufel auf und ab. Er begann zu schwitzen, kleine Rinnsale rannen über seine erhitzte Haut, doch seine Stimmung konnten sie nicht mehr kühlen.

Aus dem Haus nebenan trat eine alte Nachbarin. Sie hatte einen dicken grauen Anorak über ihre obligatorische Strickjacke gezogen und kämpfte mit einem schwarzen Regenschirm gegen den Schnee, der vom Himmel fiel. Sie schlurfte mit ihrem Einkaufkorb vorsichtig auf der rutschigen Straße vorbei.

»Morgen, Reinhold. Kannst bei mir weitermachen, hier ist es ordentlich genug, od'r?«

»Mit Schneeschaufeln wird man heute nicht fertig. Laut Wetterbericht geht es das ganze Wochenende so weiter«, sagte er, um Freundlichkeit und Gelassenheit bemüht.

»Das gibt einen saftigen Lohn für den Kohlbachhöfler, der den Schnee von der Straße räumen sollte, od'r? Trotzdem kommt er nicht rundherum. Hier ist der Schneepflug schon seit halb sechs Uhr nicht mehr gefahren«, schimpfte sie. »Mit den Stiefeln muss man ins Dorf tappen, die nehm ich sonst nur für den Garten.« Sie schüttelte den Kopf, und eine Ladung Schnee rutschte von ihrem Schirm auf den frisch geräumten Vorplatz.

Waldinger brummte etwas Unverständliches und ging in die Garage, holte einen Strohbesen und fegte damit seine Stiefel sauber.

Die Glöckchen am adventlichen Türkranz bimmelten leise,

als er die Haustür ins Schloss warf. Es duftete nach Salbeitee. Er rümpfte seine Nase, stolperte im Flur beinahe über Helgas Rucksack und stieß sich die kleine Zehe am Stiegengeländer. Ärgerlich vor sich hin fluchend, hüpfte er auf dem unlädierten Bein ins Badezimmer, setzte sich auf den Wannenrand und zog die Socke aus. Er sog die Luft scharf ein und warf einen schnellen Blick auf den pochenden Zeh. Der Nagel war noch dran. Vorsichtig darum bemüht, den schmerzenden Zeh nicht zu berühren, zog er die vom Schnee feucht gewordene Jeans aus und hängte sie über den Heizkörper.

Unter der Dusche fiel ein Teil seiner Anspannung ab. Er ließ das heiße Wasser auf seinen Nacken prasseln und schloss die Augen. Nach einigen Minuten drehte er die Temperatur ein wenig zurück und wusch sich die Haare. Nach einem ausgiebigen kalten Schauer stellte er den Wasserhahn aus, trocknete sich rasch ab und zog bequeme Kleidung an.

Er sprühte ein wenig Aftershave auf sein Hemd und ging in die Küche. Helga saß an ihrem üblichen Platz und hatte die Samstagszeitung vor sich liegen. Sie schaute nicht auf. Der Morgenmoderator im Radio lachte über einen seiner Witze.

»Morgen.«

Helgas Haare waren ebenfalls noch feucht, und nur eine lilafarbene Schiunterwäsche verbarg ihre nach wie vor sportliche Figur. Waldinger setzte sich, schnitt ein Stück Bergkäse ab und schlürfte wortlos seinen kalten Tee.

Helga schaute ihn forschend an, und ein Lächeln machte sich in ihrem Gesicht breit.

»Morgen. Nolde, ich kenn dich seit mehr als dreißig Jahren, und jedes Mal bist du beim ersten Schnee vor Freude im Kreis gesprungen. Jetzt mach nicht so ein Gesicht.«

»Bleibst du daheim?«, fragte er erleichtert. »Wir könnten mit den Schneeschuhen eine Runde drehen.«

»Seit ich die Einladung bekommen habe, versuchst du, mir den Ausflug madig zu reden. Deswegen geh ich auf jeden Fall mit. Ansonsten würde ich es mir bei dieser Wetterprognose wirklich überlegen.«

»Du gehst also gerade extra. Deine Sicherheit ist dir gar nichts wert, und meine Sorgen findest du lächerlich. Wunderbar!« Ärgerlich kaute er auf einem Stück Käse und schluckte es geräuschvoll.

Helgas Lächeln war verschwunden, sie stand auf, die Butterdose schepperte, als sie im Kühlschrank landete. »Mit deiner depperten Eifersucht machst du uns das ganze schöne Wochenende kaputt.«

Sie knallte die Kühlschranktür zu und funkelte ihn an.

Waldinger stand auf und blieb mit der Tasse in der Hand knapp vor Helga stehen.

»Dein Wochenende, oder? Was ich mache, interessiert dich eh nicht. Auf wen sollte ich denn bitte schön eifersüchtig sein? Auf deine Lieblingsschwester?«

Helga drängte sich zwischen ihm und der Sitzbank vorbei und schlug die Küchentür hinter sich zu. Waldinger schüttete den Tee in das Waschbecken, pfefferte die leere Schüssel in die Spülmaschine und löschte die zwei Kerzen auf dem Adventkranz mit Daumen und Zeigefinger.

Schweigend ging er in die Garderobe, schlüpfte in den feuchten Anorak und ganz vorsichtig in die Winterstiefel. Er würde die Hühner füttern, das Krähen des Hahns klang schon lange gedämpft aus dem Stall herüber. Doch beim Stichwort Hahn bekam Waldinger erneut eine heiße Stirn. War es wirklich Eifersucht? Fridel führte sich jedes Mal wie ein eingebildeter Gockel auf, sobald Helga in Sichtweite kam. Natürlich wäre es Waldinger lieber, wenn dieser nicht alljährlich diese kindischen Jahrgängerausflüge veranstalten würde. Am allerliebsten wäre es ihm aber, wenn Fridel mit viel Mühe alles organisieren würde und dann keiner mitkäme, vor allem nicht seine Helga.

Waldinger löschte die Weihnachtsbeleuchtung der Tanne vor dem Haus und watete von der Terrassentür aus in den Garten. Er ging ein paar Schritte vor, einige zurück, um einen Trampelpfad durch den mittlerweile fast kniehohen Schneeteppich freizulegen.

Dann trat er den Schnee vor der Tür des selbstgezimmerten Holzverschlags platt und öffnete sie. Die fünf Hühner sprangen von der Stange und eilten an ihm vorbei ins Freie. Überrascht hielten sie in ihrem Lauf inne und sahen sich irritiert um. Kein Wunder, war es doch das erste Mal, dass sie Schnee unter ihren Krallen spürten.

Waldinger holte eine kleine Handschaufel voll Futter aus dem Sack. Der Gockel plusterte sich im Stall auf, blieb dann aber unter dem Vordach stehen. Waldinger streute die Körner extra weit vom Hahn entfernt auf den festgetrampelten Schnee.

Die Hühner fingen sofort an zu picken. Waldinger holte die Kunststofftränke aus dem Stall und ging zum Haus, um lauwarmes Wasser einzufüllen.

Als er zurückkam, war der Hahn bereits wieder in den Stall geflattert und krähte ärgerlich. Waldinger stellte ihm den Wasserspender vor die Füße und knurrte: »Im Stall gibt es nichts!«

Als Helga in ihrer neuen Daunenjacke aus der Haustür trat, ging Waldinger mit Storchenschritten zum Gartentor, schwang sich drüber und wollte ihr den Rucksack abnehmen.

»Du musst nicht mit ins Dorf, ich find den Weg allein.« Sie hielt den Schulterriemen fest.

Waldinger legte seine Hand auf die ihre.

»Natürlich komm ich mit. Hast du dein Handy eingepackt?«, meinte er versöhnlich.

Sie gab den Riemen frei, Waldinger schulterte den Rucksack und schluckte die Frage, die ihm auf der Zunge lag, hinunter. Was hatte sie nur alles eingepackt? Sie blieb doch nur eine Nacht.

Schweigend liefen sie Richtung Kirchdorf.

»Es tut mir leid«, entschuldigte Waldinger sich nach einigen hundert Metern. »Ich hab einfach kein gutes Gefühl. Ausgerechnet an den Körbersee, und das bei dieser Wetterlage.«

»Die sind da oben auf Schnee eingestellt.«

»Ich erinnere mich an unsere Schulschiwoche, vier Tage durften wir nicht aus dem Hotel, die Lehrer haben durchgedreht, aber …«

»Nolde, ich kenn diese Geschichte, sie interessiert heute niemanden mehr.«

Ein dröhnendes Geräusch kam näher, Waldinger packte Helga am Arm und zog sie nahe an die Kirchenmauer. Der Schneepflug raste an ihnen vorbei, spritzte seine kalte Ladung mit Schwung auf den Gehsteig und donnerte weiter.

Waldinger schaute auf den grauen Matsch zu seinen Füßen und schüttelte den Kopf.

»Schade um die weiße Pracht.«

Helga versuchte, mit einem frischen Schneeball ihre Daunenjacke sauber zu wischen. »Beim ersten Schnee spielen jedes Mal alle verrückt.«

Sie stapften über die schmutzigen Klumpen auf die geräumte Fahrbahn und gingen das kurze Stück bis zum Dorfplatz auf der Straße.

»Eben, alle spielen verrückt, und Vollmond ist noch dazu.«

Genervt wandte Helga sich Waldinger zu: »Gib mir den Rucksack.«

Vom Dorfbrunnen her winkte eine muntere Truppe in knalligen Winterklamotten, und Fridel rief laut: »Da kommt ja unsre Omama!«

Waldinger blickte Helga besorgt hinterher, die entspannt auf ihre lachenden Jahrgänger zuging und zur Begrüßung eine Schnapsflasche in die Hand gedrückt bekam.

Fridel winkte ihm zu und rief: »Tschau, tschau, Opipi.«

Das Gelächter schwoll an, Waldinger schüttelte den Kopf. Er konnte nicht verstehen, dass Helga sich diese Zwangsbespaßung freiwillig antat. Das war nicht nach ihrem Geschmack. Er hob kurz die Hand zum Gruß und trat den Rückweg an.

Dass Helga mit Mitte vierzig Oma geworden war, fand Waldinger wunderbar. Nur, weil der selbstgefällige Gockel selber keine Frau gefunden hatte, war das kein Grund, Waldingers Ehe ins Lächerliche zu ziehen.

Wütend stapfte er auf dem matschigen Gehweg um die Kirche herum und kickte ein paar Schneeklumpen auf die frisch geräumte Straße.

In der Jackentasche vibrierte sein Handy. Er zog es hervor und tippte mit kalten Fingern darauf herum. Eine Nachricht war eingegangen. Waldinger blieb stehen, um sie zu lesen. Die SMS stammte von seiner Versicherung:

*»Wetterwarnung! In den nächsten Stunden kommen auf Ihren Postleitzahlenbereich erhebliche Mengen Neuschnee zu. Höchste Lawinenwarnstufe! Meiden Sie freies Gelände!«*

*

»Ich halt es nicht länger aus.«

Jenny kuschelte sich tiefer unter die dunkelblaue Steppdecke. Sie spürte das Vibrieren des Motors im ganzen Körper, das brummende Geräusch klang beruhigend. Vor der Panoramascheibe tanzten die Schneeflocken. Obwohl es schon neun Uhr am Vormittag war, hatte Linus die Scheinwerfer eingeschaltet. So würden seine Kollegen ihn früh genug erkennen, wenn er deren Pistenroute querte.

»Natürlich bist du im Moment empfindlich, Schwesterherz, das ist normal.« Linus gab mehr Gas. Die Fahrt führte steil den Berg hinauf.

»Du bist der Gefühlsexperte, oder? Fast dreißig, jede Woche eine andere und noch immer bei Opa unterm Dach.«

»Opa braucht mich, du brauchst Joe. Er steht doch hinter dir?«

Jenny zog die Decke bis zum Hals. »Er freut sich natürlich auf das Baby, aber er kriegt nicht mit, was hintenrum alles läuft. Er versteht mich nicht. Er wohnt sein ganzes Leben lang dort. Ihm fällt nichts auf, für ihn ist alles normal, das ist ja das Schwierige an der Sache.«

Linus runzelte die Stirn und konzentrierte sich auf das Wendemanöver. Der Pistenbully war fast auf dem höchsten

Punkt des Saloberkopfes angekommen. Linus hielt an, zog seine schwarze Strickmütze über seine dunklen Haare und stieg aus, um die Seilwinde aus dem Befestigungshaken zu lösen. Der Wind blies Schneeflocken auf Jennys Decke. Sie schaute zu, wie sie in der Wärme der Kabine dahinschmolzen.

So, wie die Schneeflocken hier kaputt gehen, würde es ihr selber ergehen, wenn sie länger im Körberseehotel blieb. Es war nicht das richtige Klima für sie. Sie musste raus, und zwar jetzt, bevor es zu spät war. Mit einem Finger spurte sie den Weg eines Wassertropfens nach. Ihre Tränen hielt sie zurück. Es gab keinen Grund zu weinen. Eigentlich.

Linus stieg wieder ein, warf Mütze und Handschuhe in ein Seitenfach und schloss die Tür.

»Wahnsinn, so viel Schnee. Gestern war ich im alten Stollen, Berndt und ich sollten noch ausräumen, aber jetzt bleibt keine Zeit mehr für solche Scherze. Nun heißt es beim Walzen Vollgas geben. Der Winter fängt super an. Ich liebe Überstunden. Das gibt gutes Geld. Tipptop!«

Er grinste und versuchte, sie aufzuheitern. Jenny seufzte.

»Hör endlich auf mit diesen Canyoning- und Klettertouren und dem ganzen Zeug. Ich hab immer Angst um dich. Opa ist alt, und sonst hab ich niemanden. Du bekommst im Sommer bestimmt auch einen Job bei den Seilbahnen.«

Linus lächelte sie an. »Du brauchst keine Angst zu haben. Unkraut vergeht nicht. Und jetzt ist erst mal Schluss mit Höhlentouren und dergleichen. Auf diese Schneemenge haben wir alle gewartet. Die Piste wird perfekt. Ein guter Start in die Saison. Darüber freut ihr euch doch. Die Gäste werden zufrieden sein.«

»Es ist mir egal, Linus. Die Gäste am Körbersee interessieren mich einen Scheiß. Ich muss fort.«

»Schlaf ein paar Mal drüber. Du hast eine feine Art, du kannst gut mit den Gästen umgehen. Alle mögen dich. Du passt dort hin, und Joe ist ein komoter Kerl. Du hast recht, die Ingrid ist ein wenig eigen, aber so ungut ist sie auch wieder nicht. Wir Walzenfahrer gehen gern auf einen Kaffee zu ihr. Sie legt uns immer zwei Schokotäfelchen dazu.«

»Du hörst mir nicht zu.« Jenny versuchte, sich in ihrem Sitz aufzurichten. »Sie ist eine falsche, intrigante Kuh, die uns alle tyrannisiert. Die wird dort Chef bleiben, und wenn sie hundert wird. Der Joe ist nie selbstständig geworden. Er macht alles, was sie sagt. Er hat nie denken gelernt. Sie managt alles. Alles. Er bekommt noch nicht mal einen Lohn. Wenn er Geld braucht, geht er zur Mutter.«

»Ja, wenn sie ihm gibt, was er will …«

»Linus! Joe wird Vater. Wir sind verheiratet, eine Familie. Ich will nicht bei der Schwiegi betteln, wenn ich für das Kleine einen Kinderwagen brauch.«

»Aber dir zahlen sie doch einen Lohn?«

»Vor der Hochzeit, ja. Sie haben uns versprochen, das Hotel noch in diesem Jahr zu überschreiben, aber davon ist keine Rede mehr. Wir arbeiten wie die Deppen und haben nichts davon. Nichts.«

»Dann red sie drauf an. Das passt heute bestens, wenn Joes Bruder Georg auf Besuch kommt. Sag ihnen, dass du schwanger bist und eine Lösung gefunden werden muss. Sprich mit den Leuten, Jenny. Das ist deine Familie, und vermutlich hat keiner von denen eine Ahnung, welche Gedanken du dir machst.«

»Das geht nicht, Linus. Mit Ingrid kann ich nicht reden, und alle anderen haben eh nichts zu melden. Joe muss sich entscheiden. Sie oder ich.«

Linus fuhr langsamer und schaute seine Zwillingsschwester ernst an.

»Nein, Jenny, mach das nicht! Was, wenn er sich für Ingrid entscheidet? Du darfst nicht die Geschichte von Oma und Mama wiederholen. Du bist stärker, Jenny. Du findest einen anderen Weg.«

*

Waldinger steckte sein Handy wieder ein und schaute besorgt in den Himmel hinauf. Höchste Lawinenwarnstufe. Dann war es nicht ratsam, mit den Schneeschuhen Richtung Hirschberg zu wandern.

Während er weiterlief, überlegte er, wie er das Wochenende am besten herumbringen könnte. Daraufhin bog er nicht wie gewohnt in die Sonnenstraße ab, um heimwärts zu gehen, sondern lief geradeaus weiter. Er würde bei seinem Sohn Martin vorbeischauen und beim Schneeschaufeln helfen. Das war besser, als daheim zu sitzen und sich um Helga zu sorgen.

Er überquerte die Hauptstraße, wenig später den Bizauer Bach und lief am Schützenstüble vorbei. Bereits von dort konnte er erkennen, dass keine Hilfe mehr nötig war. Der Platz war sauber geräumt. Auf dem hohen Schneehaufen lag ein großer Plastikbagger, ein roter Bob lehnte an der Hauswand, und Martin fegte mit einem Strohbesen die Eingangsstufen.

»Fleißig, fleißig!«, rief Waldinger, als er in Hörweite kam.

Martins Gesicht war von der Anstrengung gerötet. Er lehnte sich gegen die mit Holzschindeln verkleidete Hauswand. »Der Opa«, sagte er lachend. »Was treibt dich hierher?«

Waldinger deutete auf den Schneehaufen. »Ich wollte dir helfen, aber im Moment sieht der Platz gut aus. Mal sehen, wie lange.«

»Ja, die Flocken werden immer dichter. Eine halbe Stunde Pause und dann beginnt das Schaufeln von vorn.«

»Wo sind Lorenz und Heidi? Ich könnte mit ihnen einen Schneemann bauen.«

»Annika hat die Kinder ins Haus geholt, die waren schon völlig durchgefroren. Kommst du mit rein? Ein Kaffee?«

»Nee danke. Vielleicht kommst du am Nachmittag mit den Kindern zu mir? Wir könnten eine Schneehöhle bauen. So wie früher. So eine Menge Neuschnee hatten wir schon seit vier, fünf Jahren nicht mehr.«

»Wir fahren heute zu Annikas Familie und kommen erst morgen Abend wieder heim. Ihr Vater feiert seinen Sechziger. Aber der Schnee liegt bestimmt noch länger. Wir kommen nächste Woche mal einen Sprung vorbei. Hast du schon was von Michaela gehört?«

»Ja, sie hat diese Woche mal angerufen. Sie fühlt sich wohl bei den Tirolern im Ötztal, und die Arbeit im Hotel gefällt ihr. Das Personal sei sehr sympathisch.«

»Das klingt gut. Vielleicht könnt ihr im Winter mal die Kinder nehmen? Dann fahr ich mit Annika ein paar Tage zum Schifahren. Das muss ich doch ausnützen, wenn die große Schwester ein Zimmer in einem der besten Schigebiete hat.«

»Natürlich, das machen wir gern. Dann richte den Kindern und Annika einen Gruß aus. Und fahrt vorsichtig!«

*

Jenny und Linus fuhren mit der Pistenwalze direkt vor das Körberseehotel. »Hast du Zeit für ein spätes Frühstück?«, fragte Jenny und schälte sich aus den Decken.

Linus schaute auf die Uhr, nickte und stellte den Motor aus. »Ein paar Minuten Pause sind drin.«

Durch das dichte Schneetreiben hasteten sie zum Eingang des Hotels. Jenny schüttelte sich den Schnee aus dem Haar, und gemeinsam traten sie in den warmen Gastraum. Ingrid wischte sich die Finger an einem Geschirrtuch ab und tastete kurz nach ihren auftoupierten Haaren am Hinterkopf. Ihre Schürze strahlte blendend weiß.

»Grüß dich, Linus«, nickte sie ihm freundlich zu. »Habt ihr viel Arbeit mit dem Neuschnee?«

Linus nickte. »Ich bin seit halb vier Uhr am Walzen. Man merkt nicht mehr, dass wir gestern schon bis Mitternacht unterwegs gewesen sind. Jetzt könnt es langsam aufhören zu schneien.«

»Für die wenigen Schifahrer jetzt vor Weihnachten wird die Piste halten, oder?«

Linus nickte. »Ist ein bisschen weich, aber ansonsten tipptop. Bei den Sichtverhältnissen müssen sie eh langsam fahren.«

»Du bist sicher hungrig. Jenny, richt deinem Bruder ein ordentliches Frühstück mit einer Extraportion Speck. Wer so viel arbeitet, braucht was Gescheites zum Essen. Und dann kannst du gleich für Georg und seine Frau einen Tisch decken. Sie sind auf dem Weg, Alois holt sie mit dem Skidoo ab. Das Gepäck ist schon da, das kannst du ihnen auf ihr Zimmer bringen. Du weißt welches, oder? Schließlich verbringen sie bei uns ihren wohlverdienten Urlaub. Sie haben's immer streng. Bei den Bankgeschäften heutzutage darfst du mit deinen Gedanken keine Sekunde woanders sein.«

Jenny nickte wortlos, Ingrid drehte sich um, streichelte den zotteligen Bergamasker, der vor dem Ofen schlief, und ging dann weiter in die Küche.

Linus grinste Jenny an und zuckte mit den Schultern. »Ich helf dir mit dem Gepäck.«

»Setz dich an den Stammtisch. Ich bring dir ein paar Semmeln und Aufschnitt.«

»Ich hol so lange die Koffer aus der Transportgondel. Du darfst nicht mehr schleppen. Jenny, du wirst ihnen jetzt erzählen, dass du schwanger bist, und du musst lernen, Nein zu sagen. Sie sagt was, und du nickst. Sie kommt gar nicht auf die Idee, dass sie irgendwas falsch macht.«

»Nein sagen ist nicht einfach.«

»Nee, ist es nicht, aber du wirst es lernen.«

Joe kam die Treppe herab, tätschelte den Hund und begrüßte Jenny mit einem schnellen Kuss. »Ich muss raus zum Schneeschaufeln.«

»Hilfst du Linus mit dem Gepäck von deinem Bruder?«

Joe schüttelte den Kopf und tippte sich an die Stirn.

»Linus, du setzt dich, schließlich bist du die halbe Nacht durchgefahren. Mein lieber Bruder Georg ist gesund und munter, der kann sich selber um seinen Kram kümmern. Dem wird das Wochenende guttun, endlich ein paar Schwielen an den feinen Bankerhänden.« Joe lachte fröhlich. »Ohne Schneeschaufeln kommt er mir nicht davon, das garantier ich euch.«

»Was sagt der Wetterbericht?«, fragte Linus.

»Noch mehr Schnee«, sagte Joe. »Ich bin gespannt, ob die Straße offen bleibt.«

»Und ich muss mal ins Tal, um nach Opa zu schauen. Vor lauter Schnee kommt er vermutlich nicht mal mehr aus der Haustür.« Linus lachte, doch Joe sagte ernst: »Er ist alt. Er wird bald Betreuung brauchen.«

Linus winkte ab.

»Er hat doch mich!«

*

Waldinger ging weiter, stapfte über einen steilen Pfad bergwärts und schaute einigen Kindern zu, die sich mit ihren Bobs durch den tiefen Neuschnee plagten. Als er oben auf die geräumte Straße gelangte, wurde er fast von einer Horde Jugendlicher überfahren, die mit lautem Gegröle die Fahrbahn als Rodelstrecke benutzten. Belustigt schaute er ihnen hinterher und marschierte zügig Richtung Häldele, wo seine Tochter Kathrin mit dem kleinen Finn und ihrem Freund Jerry in einer Doppelhaushälfte wohnte.

In der Siedlung sausten Schneebälle kreuz und quer, die Kinder spielten Verstecken, und vor dem gemeinsamen Heizhaus hatten sich die Erwachsenen versammelt. Kathrin kam gerade mit einer Flasche Marillenschnaps und einen Stapel kleiner Plastikbecher aus dem Haus. Sie hob die Flasche in Waldingers Richtung.

»Servus, Papa. Kommst genau richtig!«

Waldinger begrüßte die Nachbarn von Kathrin und stellte sich dazu.

»Hier oben wird der erste Schnee ja ordentlich gefeiert.«

»Man muss die Feste feiern, wie sie fallen«, lachte ein junger Familienvater mit einem dick eingemummten und schlafenden Baby auf dem Arm.

»Ist ja Samstag«, meinte ein anderer, und seine Frau erklärte: »Wir haben zum Glück eine tolle Nachbarschaft. Gemeinsam macht das Schneeschaufeln einfach mehr Spaß.«

Alle nickten zustimmend, nur ein älterer Mann brummte: »Und von Montag bis Freitag kann ich mich wieder alleine abplagen.«

»Johann, du bekommst den ersten und größten Schnaps!« Kathrin war bester Laune, verteilte die Becher und schenkte großzügig ein. Alle prosteten einander zu, und auch Waldinger nahm einen Schluck.

»Jetzt bringen wir aber zuerst die Weihnachtsbeleuchtung an der Tanne an«, sagte der Ältere, als Kathrin gleich nachschenken wollte. »Bevor mir noch einer von der Leiter fällt.«

Die Leute lachten, der junge Vater sagte: »Ich bring die Kleine ins Bett und eine Leiter mit. Nächstes Jahr erledigen wir das besser schon im November.«

Waldinger unterhielt sich bestens und half mit, die Leuchtketten auf der acht Meter hohen Tanne zu befestigen. Nach getaner Arbeit schenkte Kathrin eine weitere Runde Schnaps aus und fragte: »Bist du eigentlich nur zufällig vorbeigekommen?«

»Ich wollte dir helfen, Schnee zu schaufeln, schließlich ist Jerry den Winter über in Lech. Gefällt ihm das Walzenfahren?«

»Der ist wie ein Kind. Mit einem PS-starken Fahrzeug unter dem Hintern ist er glücklich. Die Nachbarn haben mir beim Schaufeln geholfen, deshalb hab ich ihnen einen Schnaps versprochen.«

»Wo ist Finn? Ich könnte mit ihm einen Schneemann bauen.«

»Finn mit einem der Nachbarmädchen unterwegs. Sie holt ihn immer wieder mal für eine Stunde. Herrlich. Jetzt wollen wir für heute Abend eine Schneebar bauen. Ist wirklich cool am Häldele. Hier können die Leute noch feiern. Sie brauchen nicht mal einen Grund dazu.« Kathrin lachte, wurde dann aber plötzlich ernst. »Ist Mama wirklich an den Körbersee?«

Waldinger zuckte mit den Schultern. »Ich konnte es ihr nicht ausreden.«

*

»Pass auf dich auf«, sagte Jenny, als Linus nach dem Frühstück wieder in den Pistenbully stieg. Er nickte, startete die Maschine und winkte ihr kurz zu. »Meld dich, wenn ich was für dich tun kann.«

Jenny drehte sich um und ging wieder ins Haus. Die Tränen traten ihr in die Augen. Lag das wirklich nur an der Schwangerschaft? Hatte sie so eine dünne Haut bekommen, dass sie jeden Moment in Tränen ausbrechen konnte? Das war doch sonst nicht ihre Art.

Sie schluckte und schnäuzte sich ausgiebig. Sie würde nach oben gehen und etwas trinken. Sollte Georg oder seine Freundin sich doch selber einen Tisch decken. Der Gedanke tat gut. Sie würde Ingrids Anweisungen einfach ignorieren, wenn sie nicht davon überzeugt war. Sie straffte ihre Schultern und schaute aus dem Fenster. Von Linus' Pistenbully sah sie nur noch die Rücklichter. Ein anderes Fahrzeug fuhr in ihren Sichtbereich. Das musste ihr Schwiegervater mit dem Skidoo sein. Er wollte Georg und seine Fenja am Hochtannberg abholen. Sie waren also schon da.

Sollte sie schnell nach oben verschwinden? Nein, sie würde sie erst begrüßen, dann hatte sie es hinter sich gebracht. Mit beiden Händen fuhr sie sich über die Wangen, kontrollierte im Spiegel, ob keine Tränenspuren zu sehen waren, und öffnete die Tür. Rein äußerlich sah Georg seinem Bruder Joe sehr ähnlich, beide hatten sie eine natürlich gebräunte Haut und trotzdem strahlend blaue Augen. Georg war zwei Jahre älter, aber ein wenig schmächtiger gebaut.

Seine Freundin zog die Pelzmütze aus und schüttelte die langen dunklen Locken. Georg nahm sie an der Hand und zog sie auf die Haustür zu. Ein Paar wie aus einem Liebesfilm.

»Willkommen, ihr zwei!«, sagte Jenny freundlich. »Ihr habt ja ordentlich Schnee mitgebracht.«

»Wunderbar!«, lachte Georg. »Ich bin schon seit Jahren nicht mehr Tiefschnee gefahren. Ich hab mir gestern extra noch neue Bretter gekauft.«

»Und ich ein paar Bücher«, sagte seine Freundin. »Ich such mir ein Plätzchen am Ofen, und dort bleibe ich übers Wochenende. Wo ist denn unser Gepäck?«

»Das wird noch in der Gondel sein«, sagte Jenny. »Joe schaufelt den Weg dorthin frei. Er freut sich bestimmt über Hilfe.«

»Verstanden«, zwinkerte Georg ihr zu. »Aber jetzt machst du uns sicher erst ein schönes Frühstück, oder? Die frische Luft hier oben macht immer so hungrig.«

Jenny nickte, bevor sie Zeit hatte, es sich anders zu überlegen. Müde ging sie in die Küche. Was hatte Linus gesagt? Sie musste lernen, Nein zu sagen. Aber sie wollte es sich mit Joes Bruder nicht verderben. Schließlich sah sie ihn höchstens zwei, drei Mal im Jahr. Sie würde ihm ein einfaches Frühstück richten und sich dann oben ein paar Minuten hinlegen.

So gegen zwei erwarteten sie die Jahrgänger aus Bizau. Da ging sich noch eine kleine Pause aus, falls die wirklich unterwegs waren. Von draußen hörte sie freudige Rufe. Fenja hatte den Hund entdeckt und Ingrid ihren Sohn.

*

Waldinger hatte im Landeskriminalamt angerufen. Die extreme Wettersituation erforderte in seiner Abteilung keine Sondereinsätze, und der bis Weihnachten abzubauende Urlaub blieb Pflicht. Kurzerhand beschloss er, bei seinem ehemaligen Schulkameraden Karl im Sportgeschäft vorbeizuschauen. Dessen Frau Martha war eine Jahrgängerin von Helga, und vermutlich war Karl dieses Wochenende genauso allein zu Haus wie Waldinger. Vielleicht konnten sie gemeinsam ein Bier trinken gehen.

Gemütlich spazierte er Richtung Oberdorf, bestaunte die Schneemänner vor den holzverkleideten Häusern und freute sich am Lachen der Kinder, die am Bildbühel rodelten und rutschten. Einer der Bauern hatte die Stalltür geöffnet, und fünf junge Rinder rannten übermütig durch die weiße Pracht. Langsam stellte sich Waldingers alljährliche Winterfreude doch noch ein.

Vor dem Sportgeschäft begutachtete er erst die neuesten Schimodelle, bevor er seine Mütze auszog und sie kräftig ausschüttelte. Er drückte die Tür auf. Eine altmodische Ladenglocke bimmelte, und Waldinger schloss die Tür schnell hinter sich, bevor der Wind weiteren Schnee hereinwehte. In dem kleinen Geschäft war gut geheizt, aus dem Radio dröhnte moderne Weihnachtsmusik, und es roch nach geschmolzenem Wachs. Der Besitzer war in seiner angrenzenden Werkstatt dabei, die Leihschi zu wachsen. Er legte das Wachs beiseite und schaute zum Laden herüber. »Ja, servus, Nolde!«

Ein sportlicher Mann mit schneidigem Dreitagebart lehnte den einzelnen Ski an die Wand und kam auf Waldinger zu. »Brauchst ein paar Schi zum Testen?«

»Servus, Karl. Mit neuen Schiern komm ich bei dem vielen Schnee nicht weit, ich würd ganz gern ein paar Schneeschuhe ausleihen.«

»Gute Idee, da such ich dir gleich was Passendes. Wo willst du hin?«

»Vielleicht ein Stück Richtung Mellenstock. Kommst morgen mit, deine Martha ist doch auch mit den Jahrgängern an den Körbersee?«

»Ich kann leider nicht. Morgen kommt ein ganzer Bus voll Jugendlicher aus Belgien zum Schi-ausleihen.«

»Schade.«

»Ja, aber heute Abend könnten wir einen Jass tun.«

»Jassen? Gute Idee!«

»Prima, Nolde, um acht in der Taube? Ich schau noch um zwei Mitspieler!«

In dem Moment piepste das Handy von Karl. Er schaute nach und murmelte: »Sie hat also Empfang. Eine SMS von Martha.« Er drückte weiter und runzelte während des Lesens die Stirn.

»Ist alles in Ordnung bei denen?«, fragte Waldinger besorgt und zog sein Telefon aus der Jackentasche. Kein Anruf, nichts, Helga hatte nicht versucht, ihn zu erreichen.

»Alles sei gut. Sie erinnert mich nur daran, nicht zu vergessen, die Katze zu füttern. Die Jahrgänger sind verrückt, heute an den Körbersee zu laufen.« Karl schüttelte besorgt den Kopf, und Waldinger sagte: »Es war von vornherein eine Schnapsidee, im Dezember einen Ausflug da rauf zu organisieren. Zum Glück liegt das Hotel selber nicht in der Gefahrenzone, aber die Lawinengefahr steigt jetzt von Stunde zu Stunde. Eine Scheißidee, wirklich.«

»Die Idee kommt vom Fridel.«

»Ein unmöglicher Typ, dem sein Grinsen kann ich überhaupt nicht vertragen. Der kommt mir immer vor wie so ein Sektenguru. Und das Verrückte: Alle rennen ihm hinterher. Hätten du oder ich heute den Vorschlag gemacht, da raufzugehen, also, uns hätten alle den Vogel gezeigt.«

»Mir scheint, Helga mag den Fridel lieber als du, sie hat immer eine Gaude mit ihm, oder?« Karl zog spöttisch eine Augenbraue hoch.

»Helga singt gerne, egal, mit wem. Und mit seiner Handorgel kann er umgehen, das muss man ihm lassen«, gab Waldinger zu.

»Und tanzen kann er auch besser als wir beide«, zwinkerte Karl.

»Trotzdem versteh ich nicht, dass alle ihm wie dumme Schafe hinterherrennen.«

»Ich hoff nur, dass es die Truppe da oben nicht völlig einschneit. Martha hat nur für morgen vorgekocht.«

Waldinger lachte. »Ich wär auch froh, wenn Helga da

möglichst bald heil wieder runterkäme, aber verhungern würd ich nicht. Wir können heute Abend ja in der Taube was essen.«

Noch einmal piepste das Handy.

»Wieder Martha. Sie hat noch ein Foto geschickt. Verrückt! Luag amaul.«

»Ja, bist du deppert? Der Schnee reicht ihnen jetzt schon bis zum Hals!«

*

Jenny schlüpfte in ihr Dirndl und hielt kurz die Luft an, um die letzten zwei Häkchen vor ihrem Bauch einzuhängen. Sie steckte ein paar lose Haarsträhnen zurecht und ging die Treppe hinab ins Foyer.

Dort half sie Joe, die Sektgläser zu füllen. Von draußen tönten fröhliche Stimmen durch das Schneegestöber. Ingrid rauschte an den beiden vorbei zur Tür und hinterließ eine Wolke Maiglöckchenduft. Jenny hielt sich beide Hände vor den Bauch und atmete nur flach. Sie schluckte ein paar Mal trocken, und auf Joes Seitenblick hin kämpfte sie sich ein Lächeln ab.

Ingrid öffnete schwungvoll die Tür. Jenny versorgte die leeren Sektflaschen und fröstelte in dem kalten Wind.

»Da sind sie ja endlich, unsere lang ersehnten Gäste. Ich bewundere euch, nichts kann euch von eurem Ausflug abhalten. Ich bin stolz, euch als meine Gäste begrüßen zu dürfen. Jetzt aber schnell herein in die warme Stube.«

Ingrids Freundlichkeit klang echt. Jenny wurde kurz schwarz vor den Augen. Sie lehnte sich an die Wand und öffnete langsam die Augen. Sie fühlte sich in dem Dirndl eingezwängt. Joe flüsterte: »Alles gut, Jenny?«

»Geht schon wieder. Der Kreislauf«, flüsterte sie zurück.

Die Gäste merkten nichts davon. Sie zogen ihre Handschuhe aus, klatschten und stampften sich den Schnee aus der Kleidung und von den Stiefeln. Der kalte Wind spülte Schneeflocken und gute Laune herein. Jenny atmete tief durch, lächelte, so gut es ging, und trat mit den gefüllten Gläsern auf die Ausflügler zu, um sie ebenfalls im Körberseehotel willkommen zu heißen.

»Ein Glühwein wäre euch wahrscheinlich lieber«, übertönte Ingrid das fröhliche Stimmengewirr. »Aber wir haben den Ofen gut angeheizt, es wird euch gleich warm werden, und eine heiße Suppe steht auf dem Herd.«

»Wir verhungern fast«, rief ein braun gebrannter hagerer Mann.

»Jetzt übertreib nicht, Fridel«, lachten ein paar Frauen.

»Nach so einer Expedition haben wir eine Stärkung verdient. Ich komm mir vor, als wär ich an den Nordpol gewandert.«

Er hatte die Lacher auf seiner Seite. Ingrid stupste ihn an. »Am Nordpol gibt's aber höchstens Tiefkühlgemüse. Bei uns hingegen wartet eine echte Bregenzerwälder Käsesuppe auf dich!«

»Eben darum, liebe Frau Wirtin, haben wir euch als Ziel gewählt.« Er deutete kurz eine schelmische Verbeugung an und zeigte dann aus dem Fenster: »Aber von den riesigen Schneemassen stand in keinem Reiseführer was.«

»Siehst du, jetzt kannst du selber einen Reiseführer schreiben.«

»Ich hab schon ein Foto von der Schneeverwehung dort oben auf Facebook gepostet. Da errät keiner, wo wir sind. Vermutlich denken sie, wir sind in Sibirien unterwegs.« Er zog sein Smartphone hervor und schaltete es ein.

»Da musst du Geduld haben, guter Mann. Im Hotel gibt es weder WLAN noch Handyempfang«, sagte Ingrid. »Dafür bleibt hier alles privat. Und daheim wird niemandem was verraten. Wir nennen das die Tannbergsperre.«

Ingrid zwinkerte Fridel vertraulich zu. Jenny füllte sein Glas nach, er hielt ihre Hand fest. »Bist du die Juniorchefin?«

»Ruf mich einfach Jenny«, sagte sie freundlich und wollte sich abwenden. Doch er ließ sie noch nicht los. »Bist du die Frau vom Josef?«

»Ja.« Sie nickte, und er ließ sie endlich los.

»Also doch die Chefin in spe. Ich bin der Fridel«, stellte er sich vor.

Jenny nickte und eilte hinter den Tresen. Sie würde nie so wie Ingrid mit den Gästen umgehen können. Vermutlich war es für das Hotel das Beste, wenn sie so schnell wie möglich wieder verschwand. Ingrid würde das Geschäft noch dreißig Jahre führen, da bestand kein Zweifel.

Gedankenverloren griff Jenny nach einer weiteren Flasche Sekt und öffnete sie. Vielleicht sollte sie sich anschließend selber einen Schluck einschenken. Als Medizin für den Kreislauf. Ein Schlückchen würde dem Baby hoffentlich nicht schaden.

Als sie sich umschaute, wo sie nachschenken könnte, bemerkte sie Helgas Blick. Sie erwiderte ihn und nickte leicht, um zu zeigen, dass sie die Schwester ihrer Schwiegermutter erkannt hatte.

Helga kam zu ihr herüber und stellte ihr leeres Glas ab. Jenny wollte nachfüllen, doch Helga winkte ab.

»Jenny, geht's dir gut? Du siehst so blass aus?«, flüsterte sie.

»Alles in Ordnung, danke. Ich hab dich lange nicht mehr gesehen. Warst du im Sommer überhaupt mal da?«

Kopfschüttelnd schaute Helga zu Ingrid, die Fridel mit sich in die Stube zog. Dann zuckte sie mit den Schultern und sagte leise: »Ich komm ganz gut ohne meine Schwester zurecht.«

Helga folgte der Gruppe und stellte ihren Rucksack in die Garderobe. Jenny musste sich zusammenreißen, um ihr nicht hinterherzugehen. Helga würde sie verstehen. Niemand kannte Ingrid besser als ihre Schwester. Vielleicht ergab sich heute oder morgen früh eine Gelegenheit für ein Gespräch. Helga hätte sicher einen Rat für sie. Erleichtert atmete sie auf. Es war gut, dass Helga gerade heute gekommen war.

»Dem Spender sei ein Trullala …«, stimmte die Gruppe an, und Jenny floh in die Küche. Die riesigen Edelstahlflächen blitzten, und aus einem der großen Töpfe duftete es nach Käsesuppe. Jennys Magen machte einen Hopser, sie unterdrückte den Brechreiz und trank ein großes Glas Wasser. Das Personal kam erst nächstes Wochenende, und sie hatte versprochen, Alois beim Anrichten zur Hand zu gehen.

Sie band sich eine weiße Schürze über ihr Dirndl und holte einen Topf mit frischem Schnittlauch vom Fensterbrett. Servieren wollte Ingrid selbst. Feuchtfröhliche Ausflüge waren meistens gute Trinkgeldgeschäfte. Und das gönnt sie mir nicht. Die gönnt mir überhaupt nichts. Die schaut schon kritisch, wenn ich beim Frühstück ordentlich Butter aufs Brot schmiere. Dabei hat sie bestimmt dreißig Kilo mehr als ich. Jenny schüttelte die Gedanken ab. Sie konzentrierte sich auf das Messer in ihrer Hand und bearbeitete damit den Schnittlauch.

»Schneid ihn bitte ein wenig feiner«, bat Alois sie und riss sie aus ihren Überlegungen.

»Mach ich.« Sie nickte und ging mit dem Wiegemesser nochmals über die Schnittlauchröllchen. Alois schöpfte die Käserahmsuppe in die ausgehöhlten Brottassen. Jenny gab einen Tupfen Sahne drauf, ein paar in Knoblauchbutter geschwenkte Schwarzbrotwürfel, eine Prise bunten Pfeffer und den frischen Schnittlauch. Einen langen Halm mit einer violetten kleinen Blüte daran legte sie quer über die Tasse. Dann klingelte sie nach Ingrid und schob die ersten vier Suppen über die Anrichte.

»Blumen essen bei uns nur die Tiere«, schimpfte Ingrid und schmiss die Halme mit den Blüten auf die Anrichte. »Wir haben die Suppe als rustikales, deftiges Essen auf der Karte. Du brauchst schwarzen Pfeffer und viel Schnittlauch, das müsstest du doch mittlerweile wirklich wissen. Und Sahne ist schon genug in der Suppe, die oben drauf kannst du dir sparen.«

Jenny schluckte und warf auf jede Tasse eine weitere Ladung Schnittlauch. Als Ingrid mit den Suppen in der Stube verschwunden war, sagte Alois leise: »Sie meint es nicht so.«

Jenny nahm die nächsten Tassen und schaute an ihrem Schwiegervater vorbei zum Fenster hinaus. »Du denkst wirklich, dass sie es nicht so meint, oder?« Ihre Stimme wurde immer leiser. »Sonst hättest du es nicht so lange mit ihr ausgehalten.«

»Du darfst dir das alles nicht so zu Herzen nehmen. Im Gastgewerbe darf man nicht empfindlich sein, sonst geht man daran kaputt.«

Ingrid kam, um die nächsten vier Suppen mitzunehmen.

»Josef braucht gleich deine Hilfe. Er kann an der Theke nicht alles allein machen. Die Ausflügler haben Durst, und nach der Suppe wollen sie Kaffee.«

Jenny wartete, bis Ingrid wieder verschwunden war.

»Mir geht es nicht um die Gäste, Alois. Mir geht es um das Miteinander in der Familie. Es kann doch nicht sein, dass sie uns alle nur herumkommandiert und die Einzige ist, die Entscheidungen trifft. Ich darf nicht mal selber entscheiden, wie der Schnittlauch auf die Suppe kommt.«

»Wenn ein Betrieb funktionieren soll, ist es wichtig, dass einer die Entscheidungen trifft. Wenn alle mitreden, entsteht nur Chaos. Ingrid hat alles im Griff. Bevor sie hierherkam, war das hier eine bessere Alphütte gewesen.«

Jenny schmiss die Schürze ins Waschbecken und stürmte aus der Küche.

»Natürlich hat sie alles im Griff. Deswegen muss sie uns noch lange nicht wie lästiges Ungeziefer behandeln.«

Jenny lag weinend im Bett, als Joe die Zimmertür öffnete.

»Du hast mich ordentlich hängen … hey, Schatz, was ist los, du weinst ja?«

Er setzte sich neben sie und streichelte sanft über ihren Kopf.

»Tut mir leid, ich wusste nicht, was ist denn?«

Jenny legte ihren Kopf auf seinen Oberschenkel. Die Hose roch nach Gastwirtschaft. Sie musste den Kopf abwenden, stand auf und trat ans Fenster. Sie trug nur ihre Unterwäsche und wischte sich die Tränen mit dem Handrücken ab.

»Glaubst du, dass es uns einschneit?«

Joe trat neben sie. »Es hört einfach nicht auf.«

»Genau wie deine Mutter. Sie hört einfach nicht auf, mich wie eine billige Sklavin zu behandeln. Joe, ich kann nicht weiter mit ihr zusammenarbeiten. Ich muss weg, ich geh hier ein. Sie versucht mit allen Mitteln, mich kleinzuhalten. Sie will, dass ich mich nicht wohlfühle. Vermutlich denkt sie, ich wär die falsche Frau für dich. Ich halt das nicht aus. Mir stecken ständig die Tränen im Hals. Wo ist mein Lachen geblieben? Wann war ich zuletzt unbeschwert und fröhlich? Ich bekomm in diesem Haus keine Luft zum Atmen. Ich ersticke. Ich muss raus, Joe, ich will meinem Baby eine fröhliche Mama sein.«

»Ach, Schatz, das ist einfach ihre Art. Du kennst sie doch. Nimm das nicht ernst. Ich liebe dich, Jenny, ich will nie wieder ohne dich sein. Wir beide werden dieses Haus weiterführen. Natürlich bist du die Richtige für mich. Und irgendwann werden unsere Kinder das alles übernehmen. Das willst du ihnen doch nicht vorenthalten? Es ist die Schwangerschaft, die Hormone, du reagierst empfindlich, das ist normal. Da müssen wir durch, und gemeinsam schaffen wir das. Jenny, du gehörst zu mir, und wir gehören hierher.«

»Du bist viel zu gutmütig. Hast du dich noch nie gefragt, warum dein Bruder schon lange ausgezogen ist und sich so selten hier blicken lässt?«

»Er ist gerade hier, schon vergessen?« Joe lächelte behutsam.

»Wegen der Freikarten zum Schifahren, ja, und weil er weiß, dass wir voll in den Saisonvorbereitungen stecken und

Ingrid nicht viel Zeit für ihn hat. Und weil die Pisten noch leer sind.«

»Weil er mich sehen will?«

»Vielleicht, aber du siehst selber, dass deine Eltern null Freunde haben und dass selbst ihre eigenen Geschwister keine Lust haben, mal auf Besuch zu kommen. Warum wir jedes Jahr neues Personal aus Ungarn oder sonst wo suchen, weil niemand es zwei Saisonen lang hier aushält? Was glaubst du, an was das liegt? An der tollen Bergwelt, der frischen Luft, dem traumhaften See, den Wanderern und Gästen oder deinem gutmütigen Vater? Was glaubst du?«

»Sie ist nicht einfach, aber sie hatte auch nie die Zeit, um Freundschaften zu pflegen …«

»Nicht einfach? Sie ist ein Tyrann, ein Psychopath, sie überlegt nur, wie sie anderen das Leben schwer machen kann. Uns allen, und mir ganz besonders.«

»Du willst wirklich fort?« Joe stiegen Tränen in die Augen. »Wohin?«

Jenny zuckte müde mit den Schultern.

»Und was ist mit mir? Mit mir und unserem Baby?« Joes Tränen rannen über seine Wangen. Er stand auf, schnäuzte sich und starrte aus dem Fenster.

»Liebst du mich denn nicht mehr?«, flüsterte er.

Jenny legte ihre Hände von hinten um seinen Bauch und drückte ihn an sich.

»Ich wünsche mir, dass du mitkommst.«

Er drehte sich um. »Das kannst du nicht verlangen. Dieses Hotel ist mein Leben, ich werde es übernehmen und weiterführen. Jenny, es ist alles, was ich habe. Ich hab sonst nichts.«

»Es gehört dir nicht. Und deine Mutter wird es nicht hergeben, solange sie lebt. Sieh das ein. Wir brauchen nur uns, sonst nichts. Lass uns irgendwo neu beginnen.«

»Ich kann das nicht.«

*

Waldinger schaute auf den geräumten Parkplatz vor seinem Haus. Der zusammengeschippte Schneehaufen war groß genug für eine Höhle für die Enkel. Dann hätte er morgen was zu tun.

Er hatte selten einen Sonntag allein verbracht. Er freute sich darauf, Helga wieder um sich zu haben. Er würde sich entschuldigen. Er hatte sich wirklich unmöglich benommen. Wieso gönnte er ihr diesen Ausflug nicht einfach? Mittlerweile kam er sich selber ganz kindisch vor. Dieser Fridel war nur ein musikalischer Dampfplauderer. Und schließlich war seine Ehe mit Helga nach wie vor bestens. Nach seinem Gefühl jedenfalls. Nun ja, sie hatten schon einige kleine Geheimnisse voreinander, aber die gehörten dazu. Helga wollte nie, dass er zuhörte, wenn sie telefonierte. Sie verließ immer den Raum. Aber das hatte sie immer schon gemacht. Deswegen konnte er nicht auf Affären oder so was schließen. Allerdings versuchte sie in letzter Zeit, sich jünger zu geben, als sie war.

Von irgendeiner Party war sie neulich mit einer ganzen Tasche voller Hautcremes und anderem Pipapo nach Hause gekommen. Die Haare färbte sie mittlerweile alle drei Wochen, aber sonst? Na gut, vor ein paar Wochen war sie nach der Fußpflege gleich noch mit neuen Augenbrauen heimgekommen, aber ihr gepflegtes Äußeres hing sicher in erster Linie mit ihrem Job zusammen. Man hatte ihr in Aussicht gestellt, die Leitung des betreuten Wohnens in Bizau zu übernehmen. Eigentlich machte es Waldinger stolz. Nein, mit Fridel hatten diese Veränderungen nichts zu tun.

Waldinger ging ins Haus und schaltete Fernseher, Radio und seinen PC ein. Die Nachrichtenmeldungen waren voll mit Schneechaos. Ganz Österreich schien unter der weißen Decke zu ersticken. Die Wetterwarnungen wurden dringlicher und nahmen ständig zu.

Nicht nur die Menge des Schnees war alarmierend, jetzt hatte sich auch noch Sturm angesagt. Die Lawinengefahr erhöhte sich von Stunde zu Stunde. Bereits zum fünften Mal versuchte er, Helga zu erreichen, doch er bekam kein Freizeichen. Er öffnete den Internetzugang auf seinem PC und suchte die Festnetznummer des Körberseehotels. Nach dem ersten Klingeln wurde abgehoben.

»Körberseehotel, Alois.«

»Servus, Alois, hier ist Reinhold Waldinger. Was macht das Wetter bei euch oben?«

»Servus, Nolde. Du hast Glück, dass ich gerade im Haus bin und abnehme. Wir haben draußen alle Hände voll zu tun. Bei uns ist es normal, dass wir im Winter viel Schnee haben, aber so viel auf einmal gibt's auch bei uns nur selten. Man sieht kaum noch aus den Fenstern. Zu Fuß ist kein Durchkommen mehr, und die kleine Fräse läuft ständig heiß. Wir können nur abwarten und hoffen, dass der Schneefall bald aufhört. Ein Wunder, dass das Telefon noch funktioniert. Das stört sonst schon bei weniger extremen Wetterbedingungen.«

»Sind die Jahrgänger gut bei euch angekommen?«

»Ja, die Pistenraupen sind Tag und Nacht gefahren wie die Verrückten. Die Spur vom Hochtannberg herüber war relativ gut begehbar gewesen, haben sie gesagt. Aber irgendwann werden die Fahrer auch eine Pause brauchen.«

»Aber morgen werden die Ausflügler es schon wieder ins Tal schaffen, oder?«

»Da kann ich nichts versprechen. Bei der Lawinengefahr werden sie spätestens heute Nacht die Straße Richtung Schoppernau sperren. Keine Ahnung, für wie lange, aber mir bleibt auch kaum Zeit, einen Wetterbericht anzuschauen.«

»Der bringt für morgen Sturm.«

»Das ist nicht wahr?! Das wär das Schlimmste, was uns passieren könnte. Dann stell dich besser drauf ein, dass Helga ein paar Tage bei uns heroben bleibt. Aber keine Sorge, unsere Kühlkammern sind voll. Wir werden nicht verhungern. Und du?«

»Wieso denkt eigentlich jeder, dass ich allein daheim nichts in den Magen bekomme?« Waldinger lachte. »Aber dann halt ich dich nicht länger auf. Richt Helga einen Gruß aus und haltet durch!«

*

Die Liftler der Körberseebahn hatten ihren Schaufeldienst eingestellt und kamen ins Gasthaus auf ein Feierabendbier. Hinter den Schneewolken kam die Dämmerung heran, durchleuchtet von den Lichtern der Pistenbullys, die weiterhin versuchten, den vielen Neuschneemassen Herr zu werden.

Jenny hatte sich ihr Dirndl wieder angezogen. Die Ausflügler saßen noch gut gelaunt in der Gaststube, überlegten allerdings, ob sie über Nacht bleiben oder doch besser heute noch aufbrechen wollten.

»Es soll stürmisch werden«, erklärte Alois. »Dann kann es schon sein, dass ihr ein paar Tage bleiben müsst. Von unserer Seite ist das kein Problem, die Zimmer sind erst ab dem kommenden Wochenende belegt.«

»Mehrere Tage kann ich nicht bleiben«, sagte Martha erschrocken. »Dann packen wir besser unsere Sachen und schauen, dass wir bei Tageslicht noch ins Tal kommen.«

»Martha-Schätzchen. Ich bin bei euch, keine Angst«, sagte Fridel. »Was wartet daheim denn Dringendes auf dich? Sorgen um deinen Charly?«

Niemand lachte. Unentschlossen schauten sie sich an.

»Schaffen wir es vor Einbruch der Dunkelheit überhaupt noch?«, fragte Martha weiter.

Nun mischte Jenny sich ein. »Mein Bruder spurt vor Feierabend immer die Abfahrt nach Schröcken. Er könnte euch mitnehmen.«

»Mit dem Pistenbully?«, fragte Fridel aufgeregt.

»Für die Frauen würde der Platz sicher reichen. Die Männer könnten dann auf der frischen Spur zu Fuß gehen«, sagte Jenny und verkniff sich ein Lächeln. Ingrid zwinkerte ihr zu. »Eine gute Idee. Kannst du Linus Bescheid geben?«

Jenny nickte, und Ingrid sagte: »Das ist schade, aber bevor ihr geht, richten wir euch noch einen Topfenstrudel. Hungrig heimkehrende Ausflügler verderben mir den guten Ruf unseres Gasthauses.«

»Wir werden dir den Ruf nicht ruinieren«, sagte Fridel. »Mit einer Runde Schnaps aufs Haus lässt sich da viel richten.«

Ingrid ließ sich nicht lumpen und scheuchte Jenny hinter die Theke. »Siebzehn Enzianer«, rief sie, und Georg rief vom

Stammtisch: »Sei so gut und lass mir und Fenja noch einen Kaffee raus.«

»Und ich nehm auch einen Strudel«, rief Fenja.

Jenny organisierte erst Linus und einen Kumpel für die Talfahrt. Dann schenkte sie Kaffee und Schnaps aus, richtete Strudel und Schüsseln voll Sahne. Ruhe kehrte in der Gaststube ein. Die Gabeln klapperten auf den Tellern, und Jenny füllte eine Kanne mit Filterkaffee zum Nachschenken.

Als Joe verschwitzt vom Schneeschaufeln hereinkam, drückte sie ihm kurzerhand die Kanne in die Hand. »Ich muss mal kurz an die frische Luft.«

»Ist okay, ich kümmere mich darum.« Er zog die Jacke aus, fuhr sich mit der Hand durch das feuchte Haar und eilte in die Gaststube.

Die Toilettentür öffnete sich, und Helga trat heraus. Sie streichelte den riesigen Hund im Flur und fragte Jenny: »Die Saison geht ja gut los. Es sieht aus, als würde der Schnee bis zum Sommer reichen.«

Jenny lächelte. »Ich mag den Schnee. Ich geh noch kurz raus, bevor es dunkel wird. Der Blick auf den gefrorenen und zugeschneiten See ist immer wieder wunderschön.«

»Schnee hat was Beruhigendes. Die dichten leisen Flocken.«

Aus der Gaststube tönte lautes Gelächter. Helga zuckte mit den Schultern. »Diese Ausflüge. Nicht so wirklich meins, trotzdem denk ich jedes Jahr, ich sollte mitgehen, wenn die anderen sich die Mühe mit dem Organisieren machen …«

»Schade, dass der Ausflug so kurz geraten ist«, sagte Jenny.

»Ich würd gern bleiben. Ich denke, dass der Schneefall morgen aufhört, und dann muss es hier fantastisch sein. Außerdem wär es mir lieber, bei Tageslicht zurückzulaufen. Im Dunkeln ist mir der Weg zu unheimlich.«

»Mit den Pistenbullys brauchst du dir keine Sorgen zu machen. Du kennst Linus, er ist ein verlässlicher Fahrer, auch wenn er sonst …« Sie zuckte mit den Schultern.

»Bestimmt kommen wir gut runter. Danke fürs Organisieren. Du wirst eine tolle Chefin sein.«

Jenny errötete leicht. »Versprochen wurde uns die Übergabe zur Hochzeit, aber vielleicht wird die Unterschrift ja zur Geburt des Babys gesetzt.«

Helga umarmte Jenny spontan: »Ein Baby? Oh, ich freu mich so für dich und Josef und wünsch euch von Herzen alles, alles Gute.«

»Danke!« Jennys Strahlen war echt. »Aber jetzt geh ich wirklich noch raus, bevor es dunkel wird.«

»Ich komm mit«, sagte Helga.

Joe kam mit der leeren Kanne zurück. »Bis wann wird Linus hier sein?«

»Er konnte mir keine Uhrzeit versprechen, aber er wird kommen.« Jenny schlüpfte in ihren Anorak.

»Josef, ich gratuliere dir. Du wirst ein wunderbarer Vater sein.« Helga drückte Joe die Hand. »Ich geh noch kurz mit Jenny raus.«

Joe reichte ihr einen dicken Parka vom Haken im Büro. »Mama geht heut eh nicht mehr raus. Der hält dich warm, dann musst du nicht extra aufs Zimmer hinauf.«

Helga schlüpfte hinein, und Jenny zog ihre Mütze über die langen Haare. »Dann raus mit euch!«, lachte Joe, hielt ihnen die Haustür auf und spurtete zurück ins Büro, um den Wetterbericht nicht zu verpassen.

Es schneite noch immer. Vom Hang hinter dem Hotel dröhnte das Brummen der Pistenbullys. Hintereinander gingen Jenny und Helga auf dem frei geschaufelten Pfad zum Geländer der Terrasse und schauten andächtig auf den See hinunter. Alles weiß, alles ruhig, alles schien so federleicht. Minutenlang störte kein Wort diese meditative Ruhe.

Helga legte ihre Hand leicht auf Jennys Arm. »Ich hoffe, dir bleibt ab und zu Zeit, diese Schönheit zu genießen.«

Jenny nickte ein wenig und schluckte den plötzlich anwachsenden Kloß im Hals.

»Es ist bestimmt nicht leicht mit Ingrid«, fuhr Helga fort. »Aber selbst ein Blinder kann sehen, wie sehr Joe dich liebt. Der richtige Partner ist eine Grundvoraussetzung für ein glückliches Leben.«

Jenny nickte stumm.

»Ich schau jetzt, ob ich irgendwo Empfang habe, meiner hat nämlich schon mehrmals versucht, mich zu erreichen. Blöderweise sind wir heute auch nicht unbedingt im Guten auseinandergegangen.«

Helga hielt ihr Handy in die Höhe und suchte nach Empfang.

»Zum Telefonieren reicht's hier nicht. Wenn du Geduld hast und der Wind gut steht, geht eine SMS raus«, erklärte Jenny und drehte sich um, da sie hörte, wie die Haustür geöffnet wurde.

»Komm rein, du wirst gebraucht.« Die Stimme klang kalt, die Tür knallte ins Schloss.

Jenny wollte sich umdrehen, doch Helga hielt sie fest und schaute ihr in die Augen. »Weiß Ingrid, dass du schwanger bist?«

»Wir wollten es Joes Familie heute Abend sagen, da Georg da ist, aber es passt irgendwie nicht.«

»Ach, Jenny, du kannst ihr hier oben nicht aus dem Weg gehen, so, wie ich das schon seit Jahren mache. Ihr seid aufeinander angewiesen. Ich hoffe, du und Joe findet einen gangbaren Weg.«

Jenny wandte sich ab, bevor Helga die Tränen sehen konnte, doch Helga fuhr fort: »Meine ganze Kindheit hindurch hab ich unter ihr gelitten. Und weißt du, was das Schlimmste war?«

Jenny schüttelte den Kopf.

»Niemand hat mir geglaubt. Niemand. Nicht mal meine Eltern. Sie haben mir Ingrid immer als Vorbild unter die Nase gehalten. Erst kurz vor seinem Tod hab ich meinem Vater verzeihen können. Lass es nicht so weit kommen, Jenny.«

»Was kann ich denn tun?«

»Such dir Hilfe. Jemanden von außen. Alleine kannst du es mit ihr nicht aufnehmen.«

*

Waldinger stand mit einer Tasse Tee mit Rum in der Hand barfuß im Garten und beobachtete die Hühner, die es sich im Stall auf ihren Stangen bequem machten. Er wollte die Kälte in den Füßen aushalten, bis die Tasse leer war.

Da spürte er ein Vibrieren in seiner Hosentasche. Eine Nachricht von Helga?

Schnell stapfte er zurück auf die Terrasse, stellte die Tasse auf den einfachen Holztisch und öffnete die Mitteilung. Enttäuscht verzog er den Mund. Schon wieder eine Nachricht von seiner Versicherung. Konnte man diese Meldungen eigentlich abbestellen? Selbst einem Blinden war mittlerweile klar, dass die Lawinengefahr enorm war. Schade um den Moment. Gerade eben hatte er noch ganz entspannt im Schnee gestanden, und schon wallten Ärger und Sorge in ihm auf. Die Kälte machte seine Füße taub.

Auf dem Weg ins Badezimmer überprüfte er den Anrufbeantworter des Festnetztelefons, doch niemand wollte etwas von ihm. Erst als er unter der heißen Dusche stand, hörte er wieder, dass eine Nachricht eingegangen war. Scheißversicherung. Noch einmal würde er seine Entspannungsversuche nicht aufgeben. Er duschte in aller Ruhe weiter, trocknete sich ab und überlegte vor dem Kleiderkasten, was er zum Jassen in die Taube anziehen sollte. Draußen war es zwar kalt, aber in der Gaststube sicher gut geheizt.

Er wählte ein kurzärmeliges Hemd zu seiner Jeans und setzte sich aufs Bett, um die Socken anzuziehen. Jetzt erst nahm er das Handy zur Hand und drückte ohne große Erwartungen auf den Posteingang. Erstaunt sah er, dass die Nachricht diesmal tatsächlich von Helga war.

*»Wir kommen heute noch heim, kann später werden, lass mir die Haustüre offen. Danke, lg Helga«*

Er atmete lange aus. Gott sei Dank. Ihm war gleich viel wohler. Wahrscheinlich würden die Ausflügler eh noch in der Taube vorbeischauen, wenn sie aus dem Bus stiegen. Er fühlte sich erleichtert, fing an, vor sich hin zu summen und freute sich auf den Jasser-Abend. Helga war nicht im Schneechaos mit Fridel in einem Zimmer eingesperrt. Hervorragend!

*

Linus hatte Verspätung. Jenny stand am Fenster und starrte in das düstere Schneetreiben hinaus. Die Dunkelheit kam von allen Seiten gleichzeitig und legte sich über den See.

Da endlich sah sie die Lichter einer Pistenwalze. Sie war davon ausgegangen, dass er vom Hochtannberg herüberkam, aber die Lichter kamen von Schröcken herauf. Nein, jetzt kamen auch Lichter von der anderen Seite. Wahrscheinlich hatten sie bis jetzt noch Pisten präpariert, und im Grunde hatten sie überhaupt keine Zeit. Sie war ihrem Bruder dankbar, dass er für sie eintrat und ihr jeden Wunsch erfüllte. Er war der Beste. Auf ihn war Verlass. Bei Joe war sie sich da leider nicht so sicher.

Jenny steckte den Kopf in die Gaststube. »Das Taxi kommt!«

Sofort rutschten die Stühle über den Holzboden, die Ausflügler standen auf und suchten nach ihren Rucksäcken und Taschen, die fertig gepackt überall im Weg herumstanden.

»Ich hab schon geglaubt, die haben uns vergessen«, hörte sie jemanden jammern. Sie verkniff sich eine Bemerkung, wenn die wüssten, seit wie vielen Stunden die Walzenfahrer auf den Beinen waren. Und es war noch kein Ende der Arbeit in Sicht, es schneite pausenlos weiter.

»Es ist völlig dunkel, hoffentlich kennen die Fahrer den Weg«, sagte ein anderer.

Jenny öffnete die Haustür. Grinsend standen Linus und sein Kumpel vor der Tür.

»Kriegen wir noch einen Kaffee?«

Sie wollte den Kopf schütteln, die Gäste standen in ihrem Rücken und drängten zum Aufbruch, aber war es nicht das Mindeste …?

»Komm mit«, raunte Linus ihr zu. »Lass uns zwei Tassen starken Kaffee raus. Wir trinken ihn auf der Fahrt, ich bring dir die Tassen morgen zurück.«

Dann schaute er die erwartungsvoll dreinblickenden Gäste an. »Wir trinken den Kaffee ausnahmsweise schwarz, ohne Schnaps. Wir werden euch da schon runterbringen. Mummt euch dick ein und steigt auf. Die Damen in die Kabine, die Männer und das Gepäck hinten drauf.«

Die Frauen kicherten, und es kam Bewegung in die Gruppe. Joe stand vom Stammtisch auf, um allen die Hand zu geben und sich zu verabschieden. Jenny drückte auf die Knöpfe an der Kaffeemaschine. Sie surrte laut.

»Danke, Linus, du bist meine Rettung. Warst du heute überhaupt schon daheim? Opa wird dich noch zum Schneeschaufeln einteilen.«

Er streckte zwei Finger in die Höhe. »Ganze zwei Stunden war ich daheim. Alles tipptop. Der Martin kommt morgen mit der Fräse, mit einer Schneeschaufel kommst du bei uns nicht mehr durch. Opa kann selber gar nicht mehr aus dem Haus, aber er hat Gulasch gekocht, und ich hab ihm erzählt, dass du heimkommen willst.«

Jenny starrte ihn an. »Ich hab das nur dir gesagt, erzähl es bitte nicht weiter. Ich hab noch nicht in Ruhe mit Joe reden können.« Sie deutete mit einem Blick zum Stammtisch hinüber.

Linus nickte und zog aus seinem Anorak ein Medizinfläschchen. »Von Opa. Für Ingrid. Sie hat schon vor drei Wochen ihr Beruhigungsmittel bestellt. Vielleicht geht es ihr besser, wenn sie wieder Nachschub hat.«

Er stellte das Fläschchen neben die Maschine.

»Aber nicht für dich! Denk an das Baby und lass die Finger von allen Medikamenten. Versprochen?«

Sie lächelte und legte ihre Hände auf den Bauch. »Darauf kannst du dich verlassen. Für mein Kleines gibt's nur das Beste.« Sie schenkte sich ein Glas Wasser ein.

»Bald ist der Sturm vorbei, Schwesterherz. Halt durch!«

*

Die vierköpfige Jasser-Runde war seit einer Stunde komplett. Sie hatten jeweils einen großen Wurstsalat gegessen und bestellten gerade die zweite Runde Bier.

»So besonders ist das Wetter nun auch wieder nicht«, sagte Karl, der Besitzer des Sportgeschäftes. »Ich kann mich noch gut erinnern, als im Jahr …«

Die Tür zum Gastraum öffnete sich. Karls Frau Martha schaute herein, und er beendete seinen angefangenen Satz: »… als die Jahrgängerausflüge zwei Tage oder länger gedauert haben. Werdet ihr langsam alt?«

Hinter Martha drängte die ganze Gruppe in den Gastraum. Sie ließ die anderen vorbei und setzte sich auf das Bankende neben Karl.

»Wie seid ihr rausgekommen aus Schröcken? Jetzt ist die Straße gesperrt, oder?«, fragte Waldinger.

»Das war ein Abenteuer, da hab ich morgen was zu erzählen«, grinste Martha. »Aber lasst euch von mir nicht vom Jassen abhalten. Übrigens könntet ihr auch mal spielen, wenn wir nicht auf einem Ausflug sind. Wir sind ja nicht so«, zwinkerte sie fröhlich und stand auf.

»Wo ist denn Helga?«, fragte Waldinger.

Martha schaute sich kurz suchend um. »Man hat uns auf zwei Kleinbusse aufgeteilt. In unserem war sie nicht, aber die anderen werden auch bald da sein.«

»Eine Runde Schnaps?«, rief die Wirtin von der Theke her.

Alle stöhnten, doch alle nickten. »Wir sind heute aber einen guten Schnaps gewohnt«, rief Fridel. »Bring uns vom Besten!«

Sie verteilten ihre Mützen auf den Heizkörpern und schoben Tische zusammen, um auch für die Nachzügler Platz zu haben. Die Lautstärke im Raum hob an, und an eine gemütliche Jasser-Runde war nicht mehr zu denken. Die vier Spieler legten die Karten unbespielt auf das Sims über dem Ofen und mischten sich unter die Ausflügler.

Als die Wirtin die Schnäpse verteilt hatte, hielten alle ihre Gläser in die Höhe und prosteten sich lautstark zu. Karl stand auf und rief: »Darauf, dass ihr dieses Abenteuer alle unbeschadet überstanden habt. Diese Runde geht auf mich.«

Sie jubelten, stießen an, und Fridel stimmte ein Sauflied an. Alle schunkelten gut gelaunt mit, nur Waldinger blickte nervös immer wieder zur Tür.

Die Wirtin kam, um die Getränkewünsche aufzunehmen.

Endlich ging erneut die Tür zum Gastraum auf. Acht weitere Ausflügler schneiten buchstäblich herein. Der letzte schloss die Tür. War Helga etwa gleich nach Hause gegangen? Vermutlich hatte sie die Nase voll von dieser Truppe. Blöd, dass er überhaupt etwas bestellt hatte.

Als sich dann ausgerechnet Fridel neben Waldinger auf die Bank quetschte, hielt er es nicht länger aus. »Lass mich raus, dann hast du mehr Platz«, sagte er zu ihm und stand auf.

Fridel zog eine Augenbraue hoch. »Ist Helga denn schon heim?«

Waldinger zuckte die Schultern. »Hat sie sich nicht verabschiedet?«

»Keine Ahnung, sie war im anderen Bus.«

»Sicher?«

»In meinem war sie nicht, das wüsste ich doch«, grinste Fridel anzüglich.

Waldinger hatte die Schnauze voll. Er ging zur Theke, legte zehn Euro drauf und sagte zur Wirtin. »Stimmt so, ich bin weg. Servus.«

Er wollte schon durch die Tür, da rief Fridel: »Sie war wirklich nicht in unserem Bus.«

Und einer der Nachzügler rief: »Und in unserem auch nicht.«

»Wollte sie am Körbersee bleiben?«, hakte Waldinger nach.

Alle schauten sich an. Von einem Nebentisch fragte jemand in die plötzlich eingetretene Stille hinein: »Was ist?«

Fridel stand auf und sagte betont: »Weiß jemand, wo Helga ist?«

Betretenes Schweigen.

»Wann habt ihr sie zuletzt gesehen?«

»In unserem Bus und in unserer Pistenwalze war sie nicht«, sagte Martha. »Da bin ich mir sicher.«

»In unserer auch nicht.«

Jetzt fragte Waldinger: »Wollte sie oben bleiben? Hat sie zu jemandem was gesagt?«

Kopfschütteln war die einzige Antwort.

»Ja, Kruzitürken, was ist denn das für ein beschissener Sauverein? Es ist nicht mehr lustig. Was wird hier gespielt? Wo ist meine Frau?«

Martha ging auf Waldinger zu. »Jeder von uns hat gedacht,

sie sitzt im anderen Bus.«

Waldinger starrte ratlos in die Runde. Er schluckte und flüsterte: »Ihr habt Helga vergessen?«

Betroffen versuchten alle Beteiligten, Waldingers Blick auszuweichen. Peinliche Stille breitete sich in der Gaststube aus.

»Aber sie ist ja Gott sei Dank in guten Händen«, sagte Fridel munterer als nötig. »Vielleicht braucht sie eine kleine Auszeit von Eheleben und Alltagstrott.«

Die erwarteten Lacher blieben aus. Alle schauten zu Waldinger, der wie in Zeitlupe auf Fridel zuging, dessen volles Bierglas in die Hand nahm und ihm das Getränk wortlos ins Gesicht schüttete.

»Vielleicht lernst du irgendwann noch, wann es genug ist.«

Waldinger drehte sich um und verließ die Taube.

*

Jenny hatte sich eine bequeme Hose angezogen und sich von Joe überreden lassen, mit nach unten zu gehen.

»Meine ganze Familie sitzt zusammen, es ist der ideale Zeitpunkt, um ihnen zu erzählen, dass wir ein Baby bekommen.«

Jenny graute vor dem Gespräch, doch Joe ließ nicht locker.

»Das ändert alles. Du wirst sehen, sie freuen sich und werden dich besser behandeln. Komm, bringen wir's hinter uns.«

Skeptisch ging Jenny mit in den Gastraum.

Alois tischte gerade den Rest der Käsesuppe auf, und Ingrid erzählte Geschichten vom letzten Schneechaos am Körbersee. »Hier oben muss man damit leben und damit umgehen können. Wer wegen zwei Meter Neuschnee Panik bekommt, ist hier fehl am Platz«, sagte sie mit einem kritischen Blick auf Jennys blasse Wangen.

»Niemand hat Panik«, sagte Joe und setzte sich neben seinen Bruder. »Georg, rutsch mal rein. Komm, Jenny, hier ist Platz.«

»Du kannst noch den Brotkorb holen«, sagte Ingrid.

»Nein, Mama. Jenny ist nicht hier, um uns zu bedienen. Sie ist meine Frau. Sie gehört zur Familie.«

Wortlos starrte Ingrid zu Joe. Sie schluckte. »Soll ich euch etwa bedienen? Erwartest du das von mir? Wie viele Jahre hab ich alles für euch getan? Ist das der Dank? Bin ich etwa eure Dienerin?«

»Nein, Mama, versteh mich nicht falsch. Wir sind dir dankbar für alles …«

»Nur, weil du jetzt verheiratest bist, bist du noch immer unser Bub. Und wenn deine Frau meint, sie habe es nicht nötig … Was hab ich alles für die Mutter von Alois getan, als ich jung war …?«

»Reg dich nicht auf, Mutter«, sagte Georg. »Wir können das Brot selber holen.«

Fenja stand auf und ging in die Küche. Die Stille am Tisch wirkte auf Jenny bedrohlich. Dann sagte Alois: »Esst jetzt, die Suppe wird kalt.«

Jenny hatte keinen Appetit und schob den vollen Teller von sich weg. Das war nicht der richtige Moment, um dieses schöne Ereignis zu verkünden. Ganz und gar nicht. Sie würde wieder hinaufgehen. Sollte Joe es ihnen doch alleine sagen. Sie hatte keine Lust, mit Ingrid an einem Tisch zu sitzen. Sie könnte kotzen, wenn sie nur ihre Stimme hörte.

Alois schlürfte vernehmlich seine Suppe. Jenny fand keinen Blickkontakt. Sie hatte das Gefühl, alle würden sie verabscheuen. Sie gehörte hier nicht dazu. Wie anders fühlte sie sich, wenn sie mit Opa und Linus am Tisch saß. Sie versuchte, sich vorzustellen, mit einem Kind auf dem Arm an diesem Tisch zu sitzen. Es gelang ihr nicht. Ingrid würde es anherrschen, wenn es nur mit den Füßen wackelte. Aber nach außen war sie die perfekte Wirtin. Mit allen anderen konnte sie scherzen und freundlich sein und ihnen jeden Wunsch von den Augen ablesen. Aber daheim, nein, das war nicht Jennys Daheim, würde es nie sein. Das wurde ihr in diesem Augenblick bewusst.

Sie stand auf. Es war schon spät. Zeit, schlafen zu gehen.

Das Haustelefon klingelte. Jenny wollte daran vorbeieilen, doch aus den Augenwinkeln erkannte sie die Nummer.

»Ja, Opa?« Ihr Großvater telefonierte nur, wenn es gar nicht anders ging. Allerdings konnte er daheim nicht aus dem Haus, es ging also nicht anders.

»Jenny-Kind. Geht's dir gut?« Seine Stimme klang leise und heiser.

»Ja, aber du, warum rufst du an? Ist etwas nicht in Ordnung?«

»Ich wollte sichergehen, dass du noch oben bist. Jenny, dort bist du in Sicherheit. Bleib! Hier unten geht es drunter und drüber.«

»Was meinst du damit?«

»Eben ist eine Lawine abgegangen, auf Höhe der Nesslegg. Dort ist seit der Verbauung nie wieder eine runtergekommen. Es ist gefährlich draußen. Bleib einfach im Haus.«

»Eine Lawine? Aber im Dorf …?«

»Im Dorf ist alles ruhig, aber die Menschen bekommen Angst. Ein paar Frauen sind in der Kirche und beten Rosenkränze. Das kann nicht schaden. Ich wollte nur sichergehen, dass es dir gut geht.«

»Ist Linus schon daheim?«

»Nee, aber er wird bald auftauchen, hoffe ich. Und du bist in Sicherheit, das ist gut.«

Schon hatte er aufgelegt, wie immer, ohne sich zu verabschieden. Ein leises Lächeln erhellte kurz Jennys Gesicht. Doch nur kurz.

Wo war Linus? Der musste todmüde sein nach den Extraschichten. Sie tippte seine Handynummer ins Telefon und kaute nervös auf ihrem Daumennagel. Eine Lawine, fast bis ins Dorf. Wo war Linus? Das Tuten hörte auf, und eine mechanische Stimme erklärte, dass sie nach dem Piepston eine Nachricht hinterlassen könnte. »Linus, ich bin's, Jenny, bitte ruf mich zurück. Auch nachts.«

Weiter auf dem Daumennagel beißend, ging sie in ihr Zimmer hinauf. Er war ihr Zwillingsbruder. Ihre Verbindung war schon immer eine besondere gewesen. Und irgendetwas sagte ihr, dass im Moment auch bei Linus nicht alles in Ordnung war.

Er hatte Angst, genau wie sie selber. Sie konnte es fühlen. Irgendwo. Tief in ihr drinnen.

*

Waldinger ging zügig nach Hause.

Er hoffte inständig, dass die Jahrgänger sich nur einen dummen Spaß mit ihm erlaubt hatten. Obwohl er Martha eigentlich schätzte, nein, sie würde ihm das nicht antun. Fridel fand so einen Spaß sicher lustig, aber die anderen? Nein.

Er ging schneller, rutschte auf der schneeglatten Straße aus und landete unsanft auf dem Hosenboden. Vorsichtig stand er auf und rieb sich sein schmerzendes Steißbein. Verfluchter Winter. So ein beschissenes Wochenende.

Aufrecht und unbeholfen ging er weiter. Es war nicht mehr weit. Noch um diese Straßenbiegung herum, dann würde er das Licht in seinem Haus sehen können. Vermutlich im Badezimmer. Helga würde ein heißes Bad nehmen. So musste es sein. Sie war sicher völlig durchfroren heimgekommen und wärmte sich erst mal auf. Ein Bad würde ihm auch guttun.

Er legte wieder an Tempo zu, sein Steißbein pochte, doch darauf konnte er keine Rücksicht mehr nehmen. Er joggte beinahe um die letzte Biegung vor seinem Haus, blieb stehen und kniff die Augen zusammen. Seine Schultern sanken tiefer. Kurz schloss er die Augen, blinzelte dann und schaute angestrengt nach vorne.

Nein, kein Licht zu sehen. Er eilte weiter. Vielleicht war sie schon im Schlafzimmer. Das Fenster war von der Seite her nicht zu sehen. Schimmerte es hinter dem Haus nicht etwas heller? Er musste noch den Hühnerstall schließen. Der Gockel saß sicher schon lange verfroren auf seiner Stange. Sicher war Helga dieser Fridel-Gockel auf den Geist gegangen. Vielleicht schlief sie ja schon. Waldinger zog den Schlüssel aus seinem Hosensack und ging zur Haustür.

Nervös schloss er auf, der Schüssel schepperte auf den Boden, und er rief: »Helga?«

Doch er wusste, rufen war zwecklos. Helga sperrte nie die Tür hinter sich ab. Trotzdem konnte er nicht anders.

»Helgaaa!«

Stille hallte durch den Flur. Keine nassen Schuhe, keine bunte Jacke, keine Geräusche. Nur der Kühlschrank surrte leise in der Küche.

Erschöpft setzte Waldinger sich auf die kleine Bank in der Garderobe. Er starrte das Telefon an und dann auf seine Armbanduhr. Fast zweiundzwanzig Uhr. Er musste trotzdem am Körbersee anrufen. Doch zuerst zog er seine Schuhe aus und schaute in alle Zimmer. Eines so leer wie das andere. Das Haus fühlte sich leblos an, obwohl er mittlerweile überall Licht gemacht hatte. Er nahm das Telefon mit und setzte sich auf die Bank in der Küche. Ingrids Nummer war gespeichert. Waldinger lauschte angestrengt, probierte es wieder und wieder.

»Kein Anschluss unter dieser Nummer.«

»Kruzitürken, das darf nicht wahr sein.«

Er schlug mit der Faust auf den Tisch, schmiss den Telefonhörer hin, stand auf und ging nervös im Flur auf und ab.

Wo konnte Helga stecken? Vielleicht war sie bei Martin oder Kathrin? Immerhin war er den ganzen Abend nicht daheim gewesen. Das musste es sein. Er wählte Martins Nummer, noch während dem Piepen legte er auf. Die waren ja bei Annikas Eltern. Mit zitternden Fingern wählte er Kathrins Nummer. Sie würde auf ihrer Schneeparty wohl das Handy eingesteckt haben. Aber Helga bei einer Schneeparty? Er hatte wenig Hoffnung, trotzdem musste er es probieren.

»Halli, hallo, Papa, wir haben eine Mordsparty, voll Hammer, komm …«

»Ist Mama bei dir?«

»Häh, bist du betrunken, die ist am Körbersee und …«

»Ist sie nicht bei dir?«

»Nee, Papa …«

Er legte auf. Es nützte nichts, wenn Kathrin sich auch noch Sorgen machte. Sie wäre ihm keine Hilfe, sie klang nicht besonders nüchtern.

Wen konnte er sonst noch fragen? Agnes vielleicht oder Ruth? Nein, er schüttelte den Kopf. Wenn Helga nicht in der Taube war, wäre sie heimgegangen. Sie musste noch am Körbersee sein. Aber warum hatte sie sich nicht von den anderen verabschiedet? Warum wusste verdammt noch mal keiner, wo seine Frau geblieben war? Sie konnten sie doch nicht einfach auf dem Weg verloren haben? Waren die wirklich alle so besoffen, oder was war da oben passiert?

Er schlug sich mit der flachen Hand gegen die Stirn. Die SMS! Er hatte die Haustür zugesperrt, er hatte nicht mehr daran gedacht. Verflixt. Vielleicht hatte Helga vor der verschlossenen Tür gestanden? Dann wäre sie zu einer Nachbarin gegangen. Dann würde sie bald sehen, dass er jetzt daheim war und nach Hause kommen. Er kontrollierte noch einmal, ob er überall Licht gemacht hatte. Sie war bei irgendwelchen Nachbarn, so musste es sein.

In der Hoffnung auf Ablenkung schaltete er das Fernsehgerät ein, drückte von Programm zu Programm und sah nicht, was eigentlich lief. Der Wetterbericht warnte weiterhin vor den Neuschneemengen, die Nachrichten zeigten Bilder von einer eingebrochenen Turnhalle irgendwo in der Schweiz und Karten mit eingezeichneten Straßensperren. Das halbe Land schien auf sich selber angewiesen zu sein.

Er schaltete ab und ging in das kleine Arbeitszimmer im oberen Stock. Der PC brauchte mehrere Minuten, um hochzufahren. Irgendwann würde er sich einen neuen gönnen. Ungeduldig wippte er auf dem Schreibtischstuhl hin und her. Konnte das nicht schneller gehen? Er drückte hier eine Taste, fuhr mit der Maus über den Schreibtisch und schob seinen Unterkiefer hin und her, bis es knackte. Mit dem Finger holte er ein Stück Wurstsalat aus einem der Backenzähne und stand auf, um hin- und herzugehen. Funktionierte heute eigentlich gar nichts? Doch. Langsam lud sich das Bild der Startseite, er setzte sich wieder.

Auf der Webseite der lokalen Nachrichten las er sich durch die Meldungen. Endlich gelangten die Informationen bis in sein Hirn. Es war der schlimmste Wintereinbruch seit Jahrzehnten. Die Lage in Bizau war harmlos, in weiten Teilen Österreichs wurde der Notstand ausgerufen.

Endlich bekam er mit, was in den hoheren Regionen alles los war. Mehrere Orte waren komplett von der Außenwelt abgeschnitten, Telefon und Internet vielerorts ausgefallen. Manche Häuser in Lech und Warth waren bereits vorsorglich evakuiert worden, weil die Wetterprognose Sturm meldete und Lawinen selbst dort befürchtet wurden, wo es normalerweise als sicher galt.

Und dann ploppte direkt eine neue Schreckensmeldung auf. Auf der Nesslegg oberhalb von Schröcken war eine Lawine abgegangen. Trotz aller Lawinenverbauungen auf den höheren Gipfeln hatte sich ein Schneebrett gelöst und war bis ins Bachbett der Bregenzerache gestürzt. Laut einer Augenzeugin vermuteten sie eine Person unter den Schneemassen. Das Auto eines Einheimischen war nur knapp der Lawine entkommen. Vom Insassen fehlte jede Spur, und Dunkelheit, Schneefall und der starke Wind ließen der Suchmannschaft nicht viel Hoffnung.

Waldinger schickte ein Stoßgebet in den Himmel. Hoffentlich ist niemand unter die Lawine geraten. Gott schütze alle Helfer und vor allem Helga, die immer noch verschwunden war. Er ging zur Eingangstür, öffnete sie und schaute hinaus. In allen Nachbarhäusern waren die Lichter ausgegangen. Er schaute zum dunklen und bewölkten Himmel auf.

»Wo bist du nur?«

Plötzlich kam ihm eine Idee. Er würde Renate Koch anrufen. Seine Kollegin von der Kripo würde wissen, was zu tun war. Er selber war zu befangen, er konnte nicht mehr klar denken. Er schloss die Haustür und eilte zu seinem Handy. Nach dem zweiten Klingeln nahm sie ab.

»Nolde? Was ist los, es ist spät …«

»Renate, gut, dass du drangehst. Ich brauche deine Hilfe.«

»Um was geht's?«

»Helga ist verschwunden.«

»Helga? Deine Frau? Wohin verschwunden?« Ihre Stimme klang mitfühlend, aber doch auch etwas ungeduldig.

»Renate, hör zu. Heute Morgen ist Helga zu einem Jahrgängerausflug aufgebrochen und noch nicht …«

»Reinhold! Helga ist seit heute auf einem Ausflug, und deshalb störst du mich an meinem freien Samstagabend, das ist nicht dein Ernst, oder?«

»Renate, es ist anders. Die Straßen sind gesperrt, die Telefonleitung tot und …«

»Da kann ich dann auch nichts machen. Ich hab leider keinen Schneepflug in meiner Garage.« Und schon hatte sie aufgelegt.

Waldinger ärgerte sich. Er war die Sache falsch angegangen. Koch würde meinen, er wäre eifersüchtig, aber es war anders. Er drückte die Wahlwiederholung. Überraschenderweise nahm Koch noch einmal ab.

»Für Eheprobleme wendest du dich besser an einen deiner Freunde. Das geht mich nichts an und interessiert mich nicht. Tut mir leid, Nolde, aber ich bin unterwegs.«

*

Es war Georg, der nach Jenny und Joe rief, sie sollten noch an den Stammtisch kommen. Jenny hatte keine Lust, sie wollte lieber ins Bett, doch Joe sagte: »Sie sind nur einmal im Jahr für ein paar Tage hier. Komm mit. Mal sehen, was sie zu erzählen haben. Alleine hier oben machst du dir eh nur Sorgen um Linus.«

Widerwillig ging Jenny mit nach unten. »Ganz kurz, ich bin wirklich müde.«

Ingrid, Alois, Georg und Fenja saßen am Stammtisch. Alois rauchte eine Zigarre. Der Kognak leuchtete golden im Kerzenschein.

Joe machte Tee für Jenny, und sie setzten sich dazu. Das Feuer im Ofen prasselte, der Hund gähnte ausgiebig und legte sich dann zu Jennys Füßen nieder. Fenja erzählte von ihrem Sommerurlaub in Brasilien, und eine wohltuende Zufriedenheit überkam Jenny. Vielleicht war heute doch noch der richtige Zeitpunkt, um von ihrem Babyglück zu erzählen.

Jenny trank einen Schluck von ihrem Tee und geriet ins Husten. Überrascht schaute sie zu Georg hinüber. Hatte sie eben richtig gehört? Allen anderen schien es ähnlich zu gehen. Nach den ausgiebigen Urlaubserinnerungen hatten wohl alle nur noch mit einem halben Ohr hingehört.

Georg schaute selbstsicher in die Runde und wiederholte seine Worte: »Wir haben große Pläne für das neue Jahr. Wir möchten auswandern, unser Glück in Südamerika finden. Und deshalb wollten wir fragen, ob ihr uns mein Erbe schon vorzeitig ausbezahlen könnt.«

Jenny hielt ihre Hand vor den Mund und hustete kurz. Ihr Blick blieb an Ingrid hängen, die ihren Mund endlich wieder zuklappte und energisch den Kopf schüttelte.

»Was wollt ihr denn in Südamerika? Ja, gibt's dort überhaupt Schnee zum Schifahren?«

»Mama! Zum Schifahren würden wir natürlich weiterhin zu dir kommen. Schließlich gibt es Flugzeuge.«

»Wir haben hier Platz genug. Wieso so weit fort?«

»Nein, Mama, hier ist nicht Platz genug. Uns ist allen klar, dass Joe das Gasthaus weiterführen wird. Mit Jenny an seiner Seite. Für uns ist hier kein Platz, das ist uns klar, deshalb unsere Frage.«

»Das Gasthaus gehört Alois und mir. Und natürlich ist hier immer Platz für dich. Es gehört Joe und Jenny so wenig wie euch. Sie haben nicht mehr Anrecht auf unser Lebenswerk wie du, Georg. Wir haben zwei Buben, und irgendwann wird unser Erbe durch zwei geteilt. Irgendwann, dann, wenn Alois und ich gestorben sind.«

## Sonntag, 11. Dezember

Waldinger hatte die halbe Nacht damit zugebracht, Lawinenwarndienste und Vorhersagen zu studieren und sich auszumalen, was mit Helga passiert sein könnte.

Irgendwann hatte er sich zum Nachdenken aufs Kanapee gelegt. Helga hatte sich jahrelang von Ingrid ferngehalten. Selbst die Psychologin hatte keine andere Lösung für Helga gesehen. Mehr wie ein kurzer Besuch jeden Sommer, wenn viele Wanderer unterwegs waren, hatte sie nichts mehr mit ihrer Schwester zu tun gehabt. Seit ihr Telefon die Anrufer erkennen konnte, hatte sie nicht mehr abgenommen und alle Anrufe ignoriert.

Waldinger sah Helga vor sich, wie sie sich duckte und versuchte, unsichtbar zu werden und quasi mit dem Schnee zu verschmelzen. Kein Wunder, dass die Ausflügler sie vergessen hatten. Sie hatte bestimmt versucht, auf keinen Fall die Aufmerksamkeit ihrer Schwester zu bekommen. Er sah die beiden in der Küche stehen. Erst unterhielten sie sich normal, doch als Alois den Raum verließ, schlug der Ton um. Waldinger verstand nichts, doch die Stimme wurde rauer, lauter, kälter. Eiskalt. Er fröstelte und schüttelte sich. Benebelt sah er auf. Es war dunkel, der PC hatte sich selber ausgeschaltet, und er schaute auf die Leuchtziffern seiner Armbanduhr. Halb sechs. Er musste tatsächlich eingeschlafen sein.

Benommen ging er durchs Haus. Er war allein, alles einsam und kalt. Er ging ins Bad und stellte die Duschbrause an. Er musste munter werden. Er musste Helga suchen. Ein Blick aus dem kleinen Fenster zeigte, dass der Schneefall aufgehört hatte. In den frühen Morgenstunden ist die Lawinengefahr am geringsten, hatte er gestern noch auf irgendeiner Webseite gelesen. Er würde sich sofort auf den Weg machen. Die Schneeschuhe einpacken und Helga suchen. Er würde durchfahren, auch wenn die Straße noch gesperrt wäre. Er konnte unmöglich nur daheim rumsitzen.

Das Wasser prasselte auf seinen Kopf und vertrieb die schlimmsten Gedanken. Nein, natürlich würde er nicht fahren, wenn die Straße gesperrt war. Dann musste er eine andere Lösung finden. Kurz kam ihm der Gedanke an Jerry. Der war mit dem Pistenbully in Lech unterwegs. Vielleicht konnte der kurz an den Körbersee … Nein, Schluss jetzt. Eins nach dem anderen. Duschen, anziehen, Kaffee trinken, essen. Es nützte nichts, wenn er auf halber Strecke nicht mehr weiterkam, weil er nichts gegessen hatte. Den Rucksack packen, den Piepser nicht vergessen. Langsam kam Bewegung in seine Glieder. Er würde tun, was möglich war, aber er würde vernünftig bleiben. Er musste Helga finden und sie dann nie wieder auf einen dieser dummen Ausflüge mitgehen lassen. Nie wieder.

*

Weinend wachte Jenny auf. Auch sie hatte geträumt. Linus war tot, Opa lag im Sterben, und Joe hatte sie verlassen, um weiterhin seiner Mutter die Stange zu halten.

Von der Brücke über den Schröckenbach hatte sie geträumt. Sie schüttelte sich, schnäuzte geräuschvoll und machte Licht. Joe lag friedlich schlummernd wie ein Baby in seinem Bett. Jenny legte die Hand auf ihren Bauch. Hoffentlich ging es dem Kleinen gut, auch wenn sie sich zu keinem Lächeln aufraffen konnte.

Sie griff nach ihrem Handy. Kein Empfang, natürlich nicht. Sie musste noch mal versuchen, Linus zu erreichen. Ihr Bruder. Sie brauchte ihn. Scheißwinter, Scheißschnee, Scheißkörbersee. Wenn sie das Ganze heil überstand, würde sie auswandern. Irgendwohin, wo keine Lawinen waren, ins Flachland, ans Meer, irgendwo. Bitte, lieber Gott, mach, dass es Linus gut geht. Dass er nur bei einer Freundin ist. Vielleicht hatte er wieder mal eine Verheiratete am Bändel und sich heimlich irgendwo eingeschlichen. Natürlich würde er Opa nichts davon erzählen. Der Scheißkerl, wie viele Sorgen hatte sie sich schon seinetwegen gemacht.

Sie suchte warme Socken aus dem Kasten und zog eine dicke Strickjacke über ihren nackten Oberkörper. Sie löschte das Licht und schloss die Tür leise hinter sich. Im Dunkeln ging sie drei Schritte vorwärts und stolperte. Sie konnte sich gerade noch an der Wand abfangen. »Herrgott, verdammter Hund, was machst du hier oben?«, fluchte sie. »Runter mit dir, runter an deinen Platz.« Gehorsam und schwerfällig tappte das Ungetüm die Treppe hinunter, und Jenny tappte hinter ihm her. Aufgeregt nahm sie den Hörer aus der Telefonstation und lauschte.

»Scheiße, Kruzitürken, die Leitung ist tot.« Die Tränen traten ihr in die Augen und strömten über ihre Wangen. Sie vergrub den Kopf im Ärmel der Jacke, lehnte sich gegen die

Wand und heulte Rotz und Wasser. Der Hund rieb seinen Kopf an ihren eiskalten Beinen, und sie ließ sich nieder und streichelte ihn. Er legte sich auf den Boden, und sie krallte sich in dem weichen Fell fest. »Linus, Linus, Linus, lass mich nicht allein!«

Sie musste runter, runter ins Dorf. Wenn es keine andere Möglichkeit gab, würde sie die Transportbahn nehmen. Sie musste Joe wecken, der musste schauen, dass die Bahn zum Laufen kam, und sie hinunterlassen. Luftlinie waren es nur zwei Kilometer bis nach Schröcken. Zu Fuß oder mit Schi allerdings undenkbar bei den Schneemassen. Sie musste Joe wecken. Sie trocknete ihre Tränen und tappte wieder die Treppe hinauf.

*

Es fing gerade an, hell zu werden, als Waldinger durch Schoppernau fuhr. Auf beiden Seiten der Hauptstraße reichten die Schneemauern bis über die Fenster der angrenzenden Häuser. Alles war rein weiß, unberührt, friedlich, still. Die dicke Schneedecke hatte alles zugedeckt. Auch auf der Straße lag der Schnee fast zwanzig Zentimeter hoch.

Der Motor seines Autos war das Einzige, das die verletzliche Stille störte. Der Wind hatte die Schneehaufen zu bizarren Skulpturen verweht. Auf einem Vogelhaus lagen mindestens fünfzig Zentimeter Schnee, und er drohte, auf der vom Wind abgewandten Seite jederzeit herunterzufallen. Nach den letzten Häusern der Bregenzerwälder Gemeinde waren es nur wenige Hundert Meter auf der Landstraße, bis eine geschlossene Schranke Waldinger den Weg versperrte.

Dahinter war auch die Straße schon länger nicht mehr geräumt worden und der Neuschnee unverspurt. Es ging definitiv nicht mehr weiter.

Er fuhr langsamer, fing erstmals heute Morgen an, wirklich nachzudenken, was er eigentlich hier machte und was er vorhatte. Seine Gedanken und die Angst um seine Frau hatten ihm die Sinne vernebelt. Er bremste mitten auf der Straße ab. Was zum Teufel hatte er eigentlich vor? Die Straße war gesperrt, vermutlich teilweise von Lawinen verschüttet. Was hatte er sich vorgestellt, wie er am besten da durchkäme? Mit Schneeschuhen, zu Fuß? Bis nach Schröcken waren es mindestens zehn Kilometer, und dann war er noch lange nicht am Körbersee. Und wo sollte er anfangen, Helga zu suchen? Wie würde Ingrid ihn auslachen, wenn er fix und fertig auftauchte und Helga am warmen Ofen saß mit einem Buch in der Hand oder mit anderen Gästen Karten spielte.

Er stellte den Motor ab und schüttelte seinen Kopf. Sicher gab es für alles eine einleuchtende Erklärung. Draußen wurde es langsam heller. Auf den Bergen blies der Wind den Schnee von den Graten. Weiße Schneewolken tanzten über den Gipfeln, aber der Schneefall hatte nachgelassen. Vermutlich waren spätestens heute Nachmittag alle Straßen wieder offen, die Telefone würden wieder funktionieren, es war das Beste, wenn er wieder heimfuhr.

Doch irgendetwas ließ ihn verharren. Ein Gefühl in seinem Bauch meinte, dass es vielleicht nicht ganz so einfach war, wie es plötzlich schien. Noch ehe er sich darüber klarer werden konnte, vernahm er von draußen ein immer lauter werdendes Geräusch. Ein Blick in den Rückspiegel zeigte, dass ein Schneepflug von Schoppernau her in seine Richtung fuhr. Waldinger startete den Wagen, doch es war nicht möglich, irgendwo auszuweichen, die Schneemauern waren zu hoch. Das Blinklicht kam rasch näher, und Waldinger konnte sich vorstellen, was der Fahrer denken würde. Welcher Trottel ihm denn hier den Weg versperrte?

Waldinger setzte sich seine schwarze Mütze auf den Kopf, klappte den Kragen seines Anoraks hoch und stieg aus. Der Schneepflug wich ihm aus und kam neben der Schranke direkt neben Waldinger zum Stehen. Der Glatzkopf stieg aus, das kurze T-Shirt zeigte das Logo der Band Motörhead.

»Die Straße ist gesperrt. Dreh am besten um«, sagte er freundlich.

»Räumst du jetzt frei bis Schröcken?«, fragte Waldinger eifrig. »Dann fahr ich direkt hinter dir her, es ist dringend. Meine Frau …«

»Ich dreh hier um. Die starten mit der Schneefräse von Schröcken aus, um die Straße frei zu bekommen. Abwärts geht das einfacher, als den Schnee den Berg hinaufzuschieben.«

Er trat neben die Schranke und machte sich am Reißverschluss seiner Jeans zu schaffen.

Waldinger wandte den Blick ab und stieg wieder ins Auto. Was sollte er nur tun?

*

»Auf gar keinen Fall«, murmelte Joe verschlafen. »Die Materialseilbahn ist nicht für Personenverkehr zugelassen.«

»Red nicht mit mir wie mit einem begriffsstutzigen Touristen. Ich muss runter. Ich muss sehen, was mit Linus los ist.«

Jenny stand vor dem Schrank und schlüpfte in ihre Schiunterwäsche.

»Ich zieh mich warm genug an, und dann lässt du mich runter. Sonst geh ich zu Fuß«, fügte sie hinzu, als sie seinen unentschlossenen Gesichtsausdruck bemerkte.

Joe warf seine Decke zur Seite, kam zu Jenny und nahm sie in den Arm. Sie befreite sich und murrte: »Ich kann nicht warten, versteh mich doch. Ich muss zu Opa, der geht wahrscheinlich genauso ein vor Sorge wie ich. Und vielleicht gibt es ja unten gleich Entwarnung. Aber ich krieg in diesem Scheißhotel einfach nichts mit. Das verfluchte Telefon, ich hasse es hier oben, ich muss …«

»Jenny, wir können nichts dafür …«

»Doch, ich halt hier oben keinen Tag länger mehr aus, diese verdammte Familie hat mich schon viel zu viele Nerven gekostet, ich dreh hier durch, das liegt an dir und …«

»Nein, Jenny, pass auf, was du sagst.«

»Wenn du mich nicht sofort runterlässt, hast du mich eh zum letzten Mal gesehen. Und dann kannst du wenigstens denken, zum Glück bin ich die dumme Kuh losgeworden, aber Alimente …«

»Jenny!«

»Ist doch wahr, es zipft mich an, und Mitgefühl kennst du überhaupt keins. Nicht mit mir und nicht mit Opa, und Linus würdest du wahrscheinlich noch gönnen, wenn ihm was passiert ist, du hast ihn noch nie gemocht.«

»Hör auf! Du weißt nicht, was du sagst. Steig in die Bahn, ich lass dich runter. Aber, Jenny, sag nie wieder, dass du nicht mehr zu mir heraufkommst. Ich brauch dich, ich …«

»Du brauchst doch nur deine Mutter. Immer Ja und Amen

nicken und wie ein Hund folgen. Ich hasse das, Joe, steh zu mir, sag ihr, dass sie mit mir nicht so umspringen kann, steh zu mir! Joe! Ich hab sonst niemanden. Ich brauch dich. Zeig ihr, dass ich wichtiger bin!«

Sie brach schluchzend zusammen, und Joe hielt sie fest.

*

Der Schneepflug hatte kehrtgemacht und versuchte, talauswärts mit den Schneemengen klarzukommen. Waldinger saß im Auto und ließ den Motor an, damit die Heizung und das Radio funktionierten. Er würde die nächste Wettervorhersage abwarten und hören, ob schon wieder Straßen geöffnet worden waren, bevor er sich entschied, was zu tun war. Er stellte die Heizung noch zwei Grad höher, ließ den Sitz ein wenig zurückklappen, lehnte sich zurück und verschränkte die Arme. Die Nachrichten waren beunruhigend. Immer noch viele Orte von der Zivilisation abgeschnitten, die Telefongesellschaften taten ihr Möglichstes, die Verbindungen wieder herzustellen, die Räumarbeiten waren überall in vollem Gange, und viele Straßen wurde in naher Zeit wieder geöffnet. Die Lawinengefahr war noch hoch, im Gegensatz zu gestern hatte sie allerdings nachgelassen. Waldingers Entscheidung war gefallen. Er würde einen Parkplatz für sein Auto suchen und sich mit den Schneeschuhen auf den Weg machen.

Er fuhr zurück Richtung Schoppernau und stellte sein Auto auf den frisch geräumten Parkplatz vor dem Gasthaus Gämsle. Der Mann mit der Schneeschaufel in der Hand sagte: »Wir öffnen am Sonntag erst um elf.«

Waldinger schaute verlegen auf seine Uhr. »Darf ich mein Auto hier parken? Ich will Richtung Schröcken, aber es gibt keinen Platz für mein Auto.«

»Nee, ich schaufel hier nicht stundenlang und habe dann doch keinen Platz für die Gäste. Das kannst du vergessen. Und was willst du denn in Schröcken? Die Straße ist gesperrt.«

»Ich weiß, ich hab Schneeschuhe dabei.«

»Bist zwar dem Reden nach ein Einheimischer, aber noch verrückter als die Touristen. Das ist lebensgefährlich, will das nicht in deinen Kopf? Mach, was du willst, aber nimm das Auto von meinem Parkplatz.«

Waldinger stieg ein. Vielleicht hatte er sich verhört, aber es klang nach »Idiot«, was der Mann vor sich hin murmelte.

Er fuhr dorfabwärts bis zur Sennerei und parkte dort direkt an der Bushaltestelle. Mit einer Hand wischte er das Glas frei, unter dem der Fahrplan befestigt war, mit der anderen schob er den Anorak zurück, um auf die Uhr schauen zu können. Der erste Bus Richtung Schröcken fuhr um acht Uhr zwanzig. Er würde auf den Bus warten. Und wenn der nur bis zur Schranke fuhr, dann war er zumindest dort, und sein Auto hatte hier einen ordentlichen Parkplatz. Er würde auf dem Heimweg dafür ein Stück Käse kaufen, wenn er hier den Platz blockierte.

Waldinger war der einzige Fahrgast. Er zog seine Geldbörse aus der Hosentasche. »Guten Morgen, einmal auf den Hochtannberg, bitte.«

Der Buschauffeur kratzte sich seinen dunklen Bart und kniff die Augen zusammen. »Sag einmal, wo lebst denn du? Die Straßen sind gesperrt, heute Morgen kommst du da nicht hoch.«

»Ich muss aber.«

Der Chauffeur lachte. »Dann musst du zu Fuß gehen. Ich bin nicht lebensmüde.«

»Wie weit fährst du denn?«

»Der Bus bleibt hier. Ich genehmige mir in der Bäckerei heute ein ausgiebiges Frühstück. Das dauert noch zwei Stunden, bis ich wieder auswärts fahr.«

»Fährst du nicht zumindest bis zur Schranke?«

»Nee, und jetzt lass mich aussteigen, mein Magen knurrt schon.«

Verdattert ging Waldinger rückwärts die drei Stufen retour und stand wieder auf der Straße. Dann würde er eben laufen. Entschlossen fädelte er seine Hände in die Schlaufen seiner Wanderstöcke und machte sich auf den Weg.

*

Es dauerte kaum eine halbe Stunde, bis die Transportseilbahn fahrtüchtig war. Nervös hin und her dribbelnd schaute Jenny zu, wie Joe den Schnee vor der Hütte wegschaufelte, damit die Kiste nicht in der Schneeverwehung hängen blieb.

Dick vermummt und mit einer warmen Wolldecke bewaffnet, stieg Jenny schließlich in die alte Kiste.

Joe seufzte. »Kann ich dir das noch ausreden?«

Sie schüttelte vehement den Kopf. »Komm mit!«

Er zuckte mit den Schultern. »Ich kann nicht. Meine Eltern sind vollkommen hilflos, wenn etwas nicht mehr funktioniert. Papa weiß nicht mal, wo der Sicherungskasten ist, und Mama ist extrem nervös. Ich kann nicht fort.«

Jenny nickte, doch die Tränen stiegen erneut in die Augen.

»Wenn das Telefon länger nicht funktioniert, Jenny, ich lass die Bahn zu jeder vollen Stunde einmal laufen. Bitte! Bitte, komm bald zurück.«

Sie schluckte, nickte noch einmal, stieg ein, setzte sich und zog sich die Wolldecke über die Schultern. Joe küsste ihre kalten Lippen und versuchte ein Lächeln: »Gute Fahrt, ihr beiden.«

Das Motorengeräusch durchbrach die tiefe Stille, es rumpelte kräftig, und die offene Gondel nahm Fahrt auf.

Jenny kauerte sich klein zusammen und schloss die Augen. Ihr war schlecht, sie kam sich vor wie auf einem Boot, nur ging es so steil abwärts, dass der Druck im Magen immer heftiger wurde. Trotz der Kälte brach ihr der Schweiß aus. Es war nur eine Transportgondel, für Menschen nicht zugelassen. Was tat sie hier?

Sie würgte, schluckte, und klammerte sich am Rahmen fest. Die Gondel fuhr über eine der wenigen Stützstangen, und dann sackte sie tiefer. Der Druck im Magen nahm zu, mit ihm die Übelkeit, und Jenny klammerte sich an den eiskalten Rahmen und übergab sich in die weiße Schnee- und Nebelsuppe, die überall um sie herumwaberte. Sie konnte nicht mehr erkennen, wo oben und unten war.

Sie wischte sich den Mund an der Decke ab und holte tief Luft. Wie lange würde das noch dauern? Die Fahrt mit dem Gepäck dauerte normalerweise keine fünf Minuten. Ihr kam es vor, als wäre sie seit Stunden unterwegs. Die Finger waren eiskalt, und auch um ihr Herz legte sich eine Schicht aus Eis.

*

Als Waldinger wieder zur Schranke in Schoppernau kam, war diese noch immer geschlossen, doch jetzt stand ein schwerer Traktor mit einer riesigen Schneefräse auf der Straße davor. Der Lenker telefonierte über die Freisprechanlage und öffnete die Tür, als er Waldinger draußen bemerkte.

»Ist gut, dann starte ich durch«, sagte der Mann zu seinem unsichtbaren Gesprächspartner. »Und was hast du vor?«, fragte er, an Waldinger gewandt.

»Ich komm vom Arzt. Ich hab lebenswichtige Medikamente dabei. Mein kleines Enkelkind in Schröcken, ihm geht es schlecht.«

Der Fahrer schaute ihn an, musterte ihn kurz und meinte: »Die Schröcker haben selber einen Arzt, aber steig ein, auf deine eigene Verantwortung. Nein …«, er warf ihm einen Schlüssel mit Anhänger zu, »… öffne mir die Schranke, ich fahr durch, und dann schließt du wieder ab.«

Waldinger nickte dankbar und erleichtert. Er ließ den Traktor passieren, schloss gewissenhaft ab und kletterte auf den winzigen Kindersitz im Traktor.

»Sie haben Entwarnung gegeben. In Schröcken sitzen eine Menge Gäste fest, die rauswollen. Ich schau, was sich machen lässt, von oben haben sie bereits angefangen. Spätestens am Nachmittag werden sie die Straße auf jeden Fall wieder schließen. Am besten, wenn du so schnell wie möglich wieder zurückkommst. Oder wohnst du in Schröcken?«

Waldinger schüttelte den Kopf. »Danke!«

Die Fräse brummte, der Fahrer hatte sich riesige Kopfhörer über die Ohren gestülpt, und Waldinger betrachtete teils fasziniert, teils immer sorgenvoller die Schneeverwehungen. Immer steiler führte die Straße bergan, und es war noch ein ganzes Stück bis Schröcken, als sie auf die Schneeräumer trafen, die von der anderen Seite her die Straße befahrbar machten. Waldinger sagte nochmals von Herzen Danke und machte sich zu Fuß auf der bereits geräumten Straße auf den Weg aufwärts.

Das kleine Dorf bestand nur aus drei Hotels und wenigen Häusern. Vor der Kirche sah Waldinger ein paar Menschen versammelt und ging auf die kleine Gruppe zu. „Servus miteinander", sagte er und die Männer schauten ihn überrascht an.

»Weiß einer von euch, was am Körbersee los ist? Es ist unmöglich, jemanden zu erreichen«, sagte Waldinger.

»Da ist nicht mehr viel los, die Gäste sind alle runter, nur Ingrid, Luis, Georg mit seiner Frau und Joe sind noch oben.«

»Seid ihr sicher?«

»Die Jenny hat es eben gesagt.«

»Die Jenny, die Frau von Joe?«, fragte Waldinger nach. »Ist sie hier? Ich muss unbedingt mit ihr reden.«

»Sie ist bei ihrem Opa. Ich weiß nicht, ob sie ansprechbar ist.«

»Warum nicht ansprechbar?«

»Ihr Bruder wird vermisst. Sein Auto steht verlassen beim Kiosk auf der Nesslegg. Nur wenige hundert Meter neben einem Lawinenkegel.«

»Ist er unter den Schnee gekommen?« Waldinger war ehrlich besorgt.

»Das weiß noch niemand. Die Bergrettung hat eben die Suche wieder aufgenommen, die sie gestern Nacht abbrechen mussten.«

»Und das hat die Jenny eben erfahren?«

Einer der Männer nickte und zeigte auf ein niedriges Haus

ganz in der Nähe. »Ja, der Opa weiß es schon seit dem späten Abend gestern.«

*

Der alte Mann schaute mit wässrigen hellblauen Augen zu Waldinger auf.

»Servus«, grüßte Waldinger. »Ist die Jenny da?«

»Wer will das wissen?«

»Waldinger. Meine Frau ist oben am Körbersee, vermute ich zumindest, und die Jenny kam anscheinend grad runter, und ich wollt fragen …«

Der Mann trat zwei Schritte zurück. »Komm rein, zieh die dicke Jacke aus, ich mach grad Tee.«

»Ist die Jenny …?«

»Es gibt gleich Tee.« Er ging in die Küche, Waldinger zog die Schuhe und seine Jacke aus und ging hinterher.

»Setz dich, ich hol noch eine Tasse.«

Der Mann stellte eine riesige Schale voller Teeflecken vor Waldinger auf den Tisch, nahm dann eine bauchige Kanne und füllte die trübe Flüssigkeit langsam in die Tassen.

Er setze sich. »Ich hab die Jenny hingelegt, ich musste ihr was geben, zur Beruhigung, sie ist nicht gut beieinander.«

»Ich muss, es tut mir leid, ich würde trotzdem gerne mit ihr reden, und zur Beruhigung könnt ich auch was brauchen«, murmelte Waldinger.

»Trink deinen Tee, ich schau nach ihr.«

Waldinger trank einen Schluck, senkte seine Schultern und sank zurück an die Stuhllehne. Er wärmte seine Finger an der Tasse und sah in das flackernde Licht einer Kerze, die in einem roten Glas im Herrgottswinkel stand. Ansonsten war der Raum karg und schmucklos eingerichtet. So würde es bei ihm daheim auch aussehen, wenn Helga nicht wäre. Der Gedanke erschreckte ihn. Überlegte er tatsächlich schon, wie sein Leben ohne Helga aussehen würde? Er schüttelte den Kopf und versuchte, den Gedanken zu verscheuchen. Diese Trostlosigkeit und Einsamkeit. Er schüttelte noch mal den Kopf und trank einen Schluck. Er stellte die Tasse ab, seine Hände zitterten.

Der alte Mann stand im Türrahmen und winkte ihn zu sich. »Komm mit, ich hab auch für dich die passenden Kräuter.«

Waldinger stand müde auf und ging dem Mann hinterher in ein freundliches Zimmer auf der Westseite des Hauses. Die kleinen Sprossenfenster waren trüb vom Alter, doch der intensive Kräutergeruch ließ Waldinger durchatmen, und Hoffnung keimte in ihm auf, obwohl er keine Ahnung hatte, was er denn eigentlich hoffte. In einem hellen wurmstichigen Holzschrank standen an die hundert verschieden große braune Fläschchen und Gläser mit handgeschriebenen Klebeetiketten versehen. Die Schrift darauf war für Waldinger unleserlich, auch sonst hätten ihm die meisten Namen vermutlich nichts gesagt. Er war kein Pflanzenkenner und schon gar nichts wusste er über die Wirkung. Doch bei diesem Mann fühlte er sich in guten Händen. Er würde nehmen, wenn dieser ihm etwas anbot.

»In Schröcken leben die Menschen eher länger als in den Städten mit ihren Krankenhäusern«, schmunzelte der Alte beinahe zahnlos. »Eine Hebamme bin ich keine, aber sonst kann man mit fast allen Wehwehchen zu mir kommen.« Er lächelte weiter und drückte Waldinger ein kleines Schnapsglas mit einer braunen Flüssigkeit in die Hand.

»Was ist das?«

»Es tut dir gut. Jenny kommt gleich runter in die Küche. Du kannst drüben auf sie warten. Ich hab noch kurz zu tun.«

Er setzte sich auf einen einfachen Holzstuhl und griff nach einer kleinen silbernen Kette mit einem gläsernen Stein dran. Mit einer einfachen Augenbewegung scheuchte er Waldinger aus dem Zimmer.

*

Jenny stand bereits in der Küche und schenkte sich eine Tasse Tee ein. Waldinger räusperte sich, sagte »Servus« und gab ihr die Hand. Sie erwiderte seinen Händedruck und setzte sich in einen ausgeblichenen Lehnstuhl. Sie zog die Beine an und legte die Arme um die Knie. Sie wirkte wie ein kleines Schulmädel.

»Ich muss Linus finden.«

»Linus?«

»Mein Zwillingsbruder, er wird vermisst. Sein Auto, sein Auto, es steht ganz neben einer Lawine, er …« Sie legte die Hände über die Augen.

»Ich muss ihn finden. Ich kann doch nicht im Hotel sitzen und nichts mitkriegen, wenn mein Bruder, mein Einziger, der einzige Mensch, wenn Opa nicht mehr …«

Der nächste Heulkrampf kam mit Wucht. Waldinger stand auf und ging hilflos hin und her. Dann ging er zurück in das Kräuterzimmer.

»Das Mädchen braucht Hilfe.«

Der Alte schaute seelenruhig auf die Uhr an seinem mageren Handgelenk. »Nur noch wenige Minuten, dann setzt die Wirkung ein. Ich konnte ihr nichts zu Starkes geben, sie ist schwanger. Setz dich zu ihr. Ich komme gleich.«

Unsicher ging Waldinger zurück. Was war hier oben los, was sollte er tun? Er zuckte hilflos mit den Schultern, setzte sich und trank einen Schluck Tee. Die Schluchzer wurden leiser, die Abstände größer, und irgendwann hörten sie auf. Er schob ihr ein Papiertuch über den Tisch. Sie schnäuzte sich, schaute ihn erstmals an und fragte: »Du kommst mir bekannt vor, aber ich komm grad nicht drauf.«

»Ich bin vom Joe ein Onkel, also besser, meine Frau ist Joes Tante, die Schwester von Ingrid.«

Jenny nickte. »Du bist der Kriminalinspektor, der Mann von der Helga.«

»Helga ist meine Frau, sie war mit den Jahrgängern bei euch oben.«

»Ich weiß.«

»Alle anderen sind gestern heimgekommen. Nur Helga nicht. Ist sie noch oben im Hotel?«

Jetzt streckte Jenny ihre Beine und setzte sich aufrecht hin. »Am Körbersee? Nein, alle Gäste sind gestern noch gegangen.«

»Bist du dir sicher? Hast du sie weggehen sehen? Hast du Helga überhaupt gesehen? Bitte, Jenny, jedes Detail kann wichtig sein. Ich mach mir solche Sorgen.«

»Ich hab mit ihr geredet. Wir waren draußen. Es dunkelte schon langsam. Dann hat Ingrid mich reingepfiffen. Und dann …« Sie massierte mit dem Zeigefinger ihre Nase.

»Und dann?« Waldinger war aufgeregt aufgestanden.

»Ich weiß nicht. Ich glaub, ich hab sie nicht mehr gesehen.«

»Ist sie mit dir reingegangen?«

»Nein, nein. Sie blieb noch draußen. Ich glaube, sie wollte versuchen, Handyempfang zu finden, um daheim anzurufen.«

Die Stille hallte in dem kleinen Raum. Die Stubenuhr tickte. Waldinger wollte los, er musste Helga suchen. Jenny wollte auch los, ihr Bruder war verschwunden. Doch beide saßen regungslos auf ihren Stühlen. Stumm.

Die Gedanken wirbelten in Waldingers Kopf. Helga hatte versuchen wollen, ihn anzurufen. Zumindest hatte sie das zu Jenny gesagt. Wenn sie im Schnee gefallen war, das Bein gebrochen oder sonst was? Und die verdammten Scheißjahrgänger waren alle betrunken, und keiner hatte sie vermisst und Ingrid auch nicht. Wenn es Helga einfach zugeschneit hätte, dann, dann … dann wäre sie längst tot. Seine Augen wurden feucht, er kramte nach einem weiteren Taschentuch, doch in seinen Taschen fand sich keines mehr. Mit dem Saum seines Pullovers wischte er sich über die Augen. Schlurfende Schritte nahten, und die Tür ging leise auf.

»Jetzt macht nicht solche Gesichter«, sagte der Alte. »Es ist alles in Ordnung. Es geht ihnen gut, zumindest sind sie gesund.«

Jenny schien erleichtert auszuatmen. Waldinger kam sich vor wie in einem schlechten Bauerntheater. Woher wollte der Alte das wissen? Wusste dieser überhaupt, dass er Helga suchte, oder wurden hier noch mehr Menschen vermisst? Was war in diesem winzigen Ort los?

»Wem geht es gut?«, herrschte er den Alten ungeduldig an.

»Linus, unserem Linus. Und auch deiner Frau.«

»Woher weißt du, wer hat gesagt …?«, stammelte Waldinger.

Der Alte verzog die Miene zu einem Grinsen. Jenny stand auf. »Er hat das Pendel gefragt. Leider gibt es nicht immer die richtige Auskunft. Ich geh raus, ich muss Linus finden.«

»Du sollst nicht alleine …«, sagte der Opa.

»Ich geh mit«, sagte Waldinger und stand ebenfalls auf. »Wir können gemeinsam …«

»Dafür gibt es die Bergrettung«, sagte der Alte, doch Jenny und Waldinger schnappten ihre Schuhe und Jacken und ließen die Tür hinter sich ins Schloss fallen. Aus dem Nachbarhaus schaute eine etwa Fünfzigjährige und rief: »Ja, Jenny, wo kommst denn du her? Seid ihr nicht völlig eingeschneit? Ist der Linus bei euch, hat er dich geholt?«

Erwartungsvoll blickte sie zu Jenny. Die schüttelte den Kopf.

»Ich bin runtergekommen, um ihn zu suchen.«

»Die Bergretter sind schon wieder am Lawinenkegel im Einsatz. Gestern haben sie stundenlang gesucht und nichts gefunden, Jenny, die einzige Hoffnung, die bleibt, ist, dass er ganz woanders ist.«

»Aber das Auto?«

»Du kennst ihn. Er fährt mit Pistenbullys, Skidoos und allem, was einen Motor hat. Vielleicht hat er aus irgendeinem Grund das Auto stehen lassen und ist weiter. Diesel aus oder so was? Wir hatten gehofft, er wollte zu dir. Jemand wollte mit dem Skidoo an den Körbersee, um nachzuschauen.«

»Ich muss alle seine Freunde anrufen und alle im Dorf fragen, und vielleicht liegt sein Handy im Auto, und sonst müssen wir die Polizei rufen, wir müssen ihn finden, er muss irgendwo sein, wir können nicht einfach nur warten.«

Die Frau murmelte: »Die Hoffnung stirbt zuletzt.«

Waldinger fragte: »Habt ihr eine Verbindung an den Körbersee? Ich muss unbedingt wissen, ob meine Frau da oben ist. Ich erreich seit gestern niemanden mehr.«

»Im Hotel sind keine Gäste mehr. Die wurden alle mit Pistenbullys runtergebracht.«

»Nur meine Frau nicht. Ich muss rauf. Ich will selber vor Ort sein. Dann gibt es jetzt zumindest eine Skidoo-Spur? Ich hab Schneeschuhe dabei, ich werd rüberlaufen.«

»Bist du wahnsinnig?«, fragte die Frau.

»Ich muss, meine Frau ist da oben. Zusammen mit ihrer Schwester.«

Die Frau verstand nicht, was er meinte.

Jenny verstand. Während sie auf der frisch geräumten Straße Kehre um Kehre bergan liefen, begann Jenny zu erzählen.

»Das Schlimmste ist, dass mir keiner glaubt. Nach außen ist sie zu allen so freundlich und lächelt und ist die perfekte Wirtin. Nach außen nimmt ihr das jeder ab. Aber, ich sag's dir, das ist nur Fassade, das tut sie nur fürs Geschäft. Für einen Euro Trinkgeld würd sie den Hund verraten.«

»Ich glaube dir. Sie muss ein sehr unangenehmer Mensch sein, wenn man mehr mit ihr zu tun hat. Und ich mache mir Vorwürfe. Ich habe Helga auch viel zu lange nicht geglaubt. Bis sie einfach nicht mehr von ihrer Schwester gesprochen hat. Ich wollte es einfach nicht glauben. Zu mir war sie immer korrekt. Verstehst du?«

»Sie sucht sich immer ein Opfer aus, jemanden, dem sie

überlegen ist. Nicht körperlich, mehr geistig. Erst war es die kleine Schwester, später verschiedene Bedienstete, und jetzt bin ich dran. Aber ich lass mir das nicht länger gefallen. Nein, bei mir hat sie sich die Falsche ausgesucht.«

»Was hast du vor?«

»Das weiß ich noch nicht, aber fertigmachen lasse ich mich nicht mehr. Entweder geh ich, oder ...?«

»Es gibt bestimmt eine andere Lösung. Weglaufen ist zwar oft das Einfachste, aber irgendwann wird es dich einholen. Ich weiß, wovon ich sprech. Steh auf, Jenny, mach dich groß und sag klar und deutlich, was Sache ist. Denn du bist eine starke Frau. Sei groß!«

Jenny blieb abrupt stehen. Waldinger war froh, sie hatten ein ordentliches Tempo an den Tag gelegt, und er nutzte die kleine Pause zum Durchschnaufen. Er wandte sich talauswärts und betrachtete fasziniert die Winterlandschaft. Beeindruckend.

»Schau!« Er drehte sich wieder um. Jenny stand reglos vor ihm und deutete bergauf. »Hinter der Schneemauer vor dem Kiosk. Siehst du?«

Waldinger kniff die Augen zusammen. Vor dem Kiosk?

»Ein altes Auto halb eingeschneit oder was?«

Jenny fing an zu rennen und rief: »Das Auto von Linus!«

*

Waldinger hatte sich von Jenny verabschiedet und war weiter bergauf gelaufen. Die Straße war geräumt, doch es war unmöglich, einen Blick über die Schneemauern an beiden Seiten der Straße zu werfen. Er kam sich vor wie in einem

Labyrinth. Immerhin gab es keine Auswahlmöglichkeiten oder Abzweigungen. Er musste immer nur der Spur nachgehen. Doch ein gutes Gefühl hinterließ diese Art der Wanderung nicht.

Als er das Passplateau erreichte, schnallte er seine Schneeschuhe an und ließ die geräumte Straße links liegen. Er fand den Einstieg in die Skidoo-Spur auf Anhieb. Trotz Schneeschuhen sank er in der frischen Spur tief ein, und das Vorwärtskommen war ausgesprochen mühsam. Die Spur führte erst ein kurzes Stück am zugefrorenen und zugeschneiten Kalbelesee entlang und dann leicht ansteigend über mehrere Hügel Richtung Körbersee. Der Himmel über ihm lockerte ein wenig auf, und trotz aller Angst und Sorge musste er bei seinen kurzen Verschnaufpausen die Landschaft bewundern.

Vom Salober herüber hörte er die Pistenwalzen. So schnell wie möglich mussten die Pisten präpariert und für die Wintersportler freigegeben werden. Wenn die Straße öffnete, würde es nicht lange dauern, und die Schifahrer würden sich hier heraufbemühen. Der Anblick der tief verschneiten Gipfel und Berge war wirklich beeindruckend. Der Widderstein in seinem Rücken wirkte mächtiger denn je und wirkte mit seinen gut zweitausend Höhenmetern heute mindestens wie ein Achttausender.

Keine Fußspuren, soweit das Auge blickte, und auch noch keine Spuren von Variantenfahrern. Das Lawinenrisiko war zu groß, aber bald würde der Erste damit beginnen und alle anderen nachziehen.

Schnaufend ging Waldinger weiter, nur noch ein kleiner Anstieg und dann könnte er zum Körbersee hinunterblicken. Der kleine See lag zugefroren unter der Schneedecke, und ein

Fremder würde kaum glauben, dass sich in der Senke zwischen den Gipfeln ein idyllischer kleiner See versteckte.

Jetzt ging es endlich bergab, und Waldinger wurde immer schneller. Nur noch wenige Minuten und er würde Gewissheit haben, ob Helga hier war oder nicht.

Atemlos kam er hinter einem Schneemobil zum Stehen. Es war nur wenige Meter von der Eingangstür entfernt. Dort war der Platz sauber geräumt, ebenso wie ein Teil der Sonnenterrasse. Doch es war still, gespenstisch ruhig. Kein Laut war zu hören. Absolute Stille. Dass es so etwas heutzutage überhaupt noch gab. Einzig sein eigenes Schnaufen war zu hören.

Er ging langsam zur schweren Haustür und zog sie auf. Der Skidoo stand draußen, es musste jemand da sein. Unbehaglich trat er ein. Wieso diese Ruhe? Er traute sich nicht zu rufen und ging vorsichtig über den roten Läufer im Flur zur Tür, die in die Gaststube führte. Vorsichtig drückte er sie auf. Sie knarzte leicht, und als Waldinger einen Blick in die Stube warf, schauten stumme Gesichter ihm entsetzt entgegen.

*

Jenny hatte sich auf den Fahrersitz von Linus' Auto gesetzt, das einsam und verlassen eingeschneit am Straßenrand stand. Der alte Honda hatte schon über zweihunderttausend Kilometer drauf, obwohl Linus kaum längere Strecken fuhr. Jenny setzte sich und atmete den vertrauten Duft ein. Ihr Bruder war zwar nur zehn Minuten älter als sie, doch mindestens zwanzig Zentimeter größer. Sie erreichte das Bremspedal nur mit den Zehenspitzen.

Das Auto war unversperrt gewesen, doch der Schlüssel steckte nicht. Wenn er nur wenige Minuten hätte fortgehen wollen, hätte er den Schlüssel stecken gelassen. Er hatte also durchaus vorgehabt, eine Stunde oder länger unterwegs zu sein. Sie schaute aus dem Fenster. Der Himmel riss auf. Mehrere Serpentinen tiefer sah sie, dass die Räumfahrzeuge im Konvoi ins Dorf fuhren und vor dem kleinen Dorfladen parkten. Die Männer stiegen aus. Vermutlich holten sie sich erst mal Kaffee und Leberkässemmeln oder ein Bier. Jenny seufzte. Alle Männer in Schröcken mochten Bier. Der kleine Laden lebte nicht schlecht davon. Auch Linus war ein guter Kunde. Doch gestern war er bestimmt nüchtern gewesen. Seinen Job am Salober nahm er ernst. Wenn er mit den Pistengeräten im Einsatz war, trank er nur wenig. Im Sommer war es schlimmer.

Sie schloss die Augen und versuchte, in sich hineinzuspüren. Doch ihre Gedanken schafften es nicht, bei Linus zu verweilen. Immer wieder kamen Gedanken an das Baby und vor allem auch an Joe dazwischen. Sie konnte sich nicht konzentrieren. Sie machte sich Sorgen um Linus, Waldinger um seine Frau, Joe vermutlich um sie und das Baby, genauso wie Opa. Wieso war das Leben so kompliziert?

Sie lenkte ihre Gedanken zurück zu ihrem Bruder. Man sagte immer, Zwillinge hätten eine besondere Verbindung. Die hatte sie auch, aber leider nicht telepathisch. Opa hatte mit seinen Vermutungen oft recht, leider wollte und konnte sie sich nicht darauf verlassen. Und trotzdem wunderte sie sich, warum sie vor Angst nicht völlig neben der Spur war. Neben dem alten Opa war Linus ihre einzige Bezugsperson, wenn sie sich wirklich von Joe trennen würde.

Im Dorf gab es nur wenige junge Frauen. Die zog es mit spätestens sechzehn alle nach draußen, aufs Land. Auch sie hatte es fortgezogen. Doch nach den Jahren in der Tourismusfachschule und dem angeschlossenen Internat war sie gerne zurückgekehrt. Anders als die anderen. Keine ihrer ehemaligen Schulfreundinnen wohnte noch hier. Und dick waren diese Freundschaften auch nie gewesen. Die Kinder einer Mutter, die freiwillig über das Brückengeländer gestiegen war, waren nicht der richtige Umgang für die alten Dörfler. Umso schlimmer, dass schon ihre Großmutter freiwillig gegangen war. Und trotzdem hatte sie sich auf die Zukunft in diesem Tal mit Joe am Körbersee gefreut.

Sie atmete tief den vertrauten Geruch ihres Bruders ein. Sie würde sich irgendwie mit Ingrid zusammenraufen. Sie würde nicht zu Opa zurückkehren und das Baby allein aufziehen. Ihr Nachwuchs sollte eine alte angesehene Familie im Rücken haben. Auch wenn sie dafür immer wieder die Zähne würde zusammenbeißen müssen. Sie würde aus diesem alten familiären Teufelskreis ausbrechen und ihren Kleinen eine sorgenfreie Kindheit ermöglichen. Vielleicht könnten Sie das Gasthaus zu einem Kinderhotel ausbauen? Das würde neue Gäste an den Körbersee bringen. Gäste, die Ingrid nicht kannten und Jenny als Chefin akzeptieren könnten. Joe würde ein guter Vater sein. Und vielleicht änderte Ingrid sich, wenn erst kleine Kinder im Haus wären.

*

Waldinger öffnete die Tür noch weiter. Alois und Joe saßen hilflos auf der Ofenbank, die Schwiegertochter hatte die

Arme um Joes Bruder Georg geschlungen und schaute ihn aus schwarzumrandeten verschmierten Augen an. Ingrid lag auf dem Fußboden, mit nacktem Oberkörper, und zwei kräftige Männer versuchten, ihr mit Mund-zu-Mund-Beatmung und Herzmassage Leben einzuflößen. Waldinger blieb in der offenen Tür stehen und betrachtete fasziniert das surreale Szenario. Einer der verschwitzten Bergretter lehnte sich zurück, schaute auf seine Armbanduhr und flüsterte: »Es ist sinnlos. Ich kann nicht mehr.«

Der zweite nickte. »Wir brauchen einen Arzt. Jemand muss den Tod bestätigen.«

Waldinger zog seine Schuhe, Jacke und Mütze aus und setzte sich ebenso sprachlos neben Alois auf die Bank. Joe schaute ihn an, als wäre er ein Gespenst, und zeigte ansonsten keine Reaktion, als Waldinger ihm flüsternd einen Gruß von Jenny ausrichtete. Das Schweigen senkte sich über den Gastraum. Einer der Bergretter ging hinter den Tresen und schenkte sich einen Halbliter Bierkrug mit Leitungswasser voll. Den trank er, ohne abzusetzen, aus. Dann trat er vor die Familie.

»Es tut mir leid, mehr können wir leider nicht tun.«

Der zweite trat hinzu. »Mario bleibt bei euch, ich fahr hinunter und versuch, einen Arzt herzubringen. Doch macht euch keine Hoffnung, er wird nichts mehr für Ingrid tun können. Es tut mir leid.«

Er drückte Alois traurig die Hand, drehte sich um, nahm seine Jacke vom Haken und ging durch die Tür.

Waldinger suchte nach einer Wolldecke und deckte Ingrid damit zu. Der alte Hund setzte eine traurige Miene auf und legte sich neben sein Frauchen. Der Bergretter stand auf und wollte ihn wegscheuchen, doch Alois zeigte mit einer kraftlosen Handbewegung, dass er den Hund dort lassen sollte.

Waldinger ging hinter den Tresen und suchte nach etwas Kräftigem, etwas Hochprozentigem. Er begutachtete die kleinen und großen Flaschen der Reihe nach. Dann nahm er Rotweingläser und füllte jeweils einen guten Schluck Kognak hinein. Eine ganz kleine Flasche mit starken Beruhigungstropfen steckte er in seine Hosentasche. Die würde er heute vermutlich noch brauchen. Lange hielten seine Nerven nicht mehr durch. Er war aus heiterem Himmel in einen Albtraum geraten.

Wortlos drückte er allen ein Glas in die Hand und setzte sich ebenfalls. In Gedanken murmelte er ein Vaterunser für Ingrid, nahm einen Schluck und beobachtete die Familienmitglieder aus den Augenwinkeln. Alois' Schwiegertochter, deren Name er nicht kannte, war die Einzige, die an ihrem Glas nippte. Die Männer rührten sich nicht. Waldinger war unsicher, welche Reaktion von ihm erwartet wurde. Er war mit der Verwandtschaft seiner Frau nicht eng genug befreundet, um sie trösten zu können. Bald würde hoffentlich ein Doktor kommen und die Sache in die Hand nehmen. Er selber war aus einem anderen Grund hier. Er war auf der Suche nach Helga. Er musste etwas unternehmen, bevor es draußen dunkel wurde.

Er stellte sein Glas ab und flüsterte: »Ich seh mich kurz um.« Bevor jemand etwas erwiderte, war er im Flur und stieg die Treppe zu den Gästezimmern hinauf.

Er öffnete eine Zimmertür nach der nächsten. Ein paar feuchte Handtücher auf den Böden und ein wenig Müll in den Eimern unter den Waschbecken. Die Zimmer waren noch nicht gereinigt worden. Auf den Tischen war überall dasselbe Adventgesteck, die Kerzen alle noch nicht angebrannt. Es roch nach Putzmittel mit Zitronenduft, das überdeckte den leicht muffigen Geruch, der aus den Spannteppichen aufzusteigen schien. Waldinger öffnete die fünfte Tür auf dem Flur im ersten Stock und wich erschrocken zurück.

*

Jenny war irgendwann ausgestiegen und hatte sich die Seele aus dem Leib geschrien. Doch außer dem Schnee hatte sie vermutlich niemand gehört. »LIIINUUUS!« Sie hatte geschrien, bis sie völlig erschöpft war. Mit müden Schritten war sie die Straße bergauf gelaufen und hatte sich den Kopf zerbrochen. Hatte er irgendeine Andeutung gemacht, irgendwas gesagt, was er vorhatte? Als er die Gruppe Jahrgänger abgeholt hatte, war sie mit den Gedanken woanders gewesen. Was hatte er gesagt? Hatte sie etwas überhört? In jeder Kehre blieb sie stehen, formte die Hände zu einem Trichter und schrie, so laut sie konnte. »Linus!« Nicht einmal das Echo machte sich die Mühe, ihr zu antworten. Die weiße Stille verschluckte alles.

Weiter oben parkten am Straßenrand mehrere PKWs. Sie kannte sie alle, sie gehörten den Einheimischen. Männern aus dem Dorf. Jungen wie Alten. Von hier oben konnte sie sie sehen, wie sie mit langen Lanzen im Schnee stocherten, in einer geraden Reihe, in gleichmäßigen Abständen, und wie von Zauberhand bewegten sich alle im selben Moment ein Schritt nach vorne. Wenn Linus wirklich unter die Lawine gekommen wäre, würden sie ihn finden. Wenn Gott es gut mit ihr meinte, war er ganz woanders. Unter dem Schnee wäre er schon vor Stunden erstickt. An Wunder glaubte sie seit Langem nicht mehr.

*

Waldinger war erschrocken. Helgas Jacke hing am Haken in der kleinen Garderobe und ihre Mütze darüber. Auf den ersten Blick hatte er geglaubt, sie stehe vor ihm. Doch es war nur ihre Kleidung. Der Rucksack lag auf dem einzelnen Stuhl, und auf dem Waschbecken erkannte er ihre Bürste neben den Zahnputzsachen. Helga war definitiv nicht mit den anderen abgereist. Sie musste im Haus sein. Kein Mensch ging ohne Jacke und Mütze nach draußen.

Die Gedanken und unmöglichen Schlussfolgerungen überfielen Waldinger mit so einer Wucht, dass er sich von innen an die Zimmertür lehnen musste. Er fühlte sich wie im falschen Film. Helga verschwunden, Linus verschwunden, Ingrid tot, er war gefangen in einem Albtraum. Das konnte alles nicht real sein.

Er stützte sich am Waschbecken ab, drehte den Hahn auf. Eisig kalt kam das frische Quellwasser aus der Leitung. Waldinger spürte, wie durstig er war, und trank direkt aus dem Hahn. Dann drehte er ihn wieder zu, legte den Rucksack auf den Boden und setzte sich fassungslos auf den Stuhl. Was um Himmels willen hatte das alles zu bedeuten? Dieser gottverdammte Scheißausflug. Von Anfang an hatte er ein schlechtes Gefühl gehabt, aber Helga hatte unbedingt mitgehen wollen, selbst bei diesem Wetter.

Was war hier vorgefallen? Zwei Schwestern. Eine tot, die andere verschwunden. Mein Gott, man würde Helga verdächtigen, wenn rauskam, jemand wusste bestimmt, natürlich, alle wussten, dass die zwei nicht liebevolle Freundinnen gewesen waren. Helga, hilf mir, was ist hier oben geschehen? Haben die anderen Ausflügler wirklich nichts mitgekriegt? Was hat sie dir angetan?

Tränen rollten über seine Wangen. Er zog die Schuhe aus und legte sich auf das Bett. Meine Helga, wo bist du? Er weinte tonlos, die Müdigkeit überkam ihn, ankämpfen war sinnlos. Er wusste nicht mehr, was nur Traum war und wo die Wirklichkeit begann.

*

Zwei Schneemobile hielten neben Jenny.

»Gibt's was Neues?«, fragte der eine Fahrer.

Jenny schüttelte den Kopf. Auf dem zweiten Fahrzeug erkannte sie den Arzt. Der schaute sie mitleidig an. »Komm mit, die Helfer hier haben alles im Griff, aber bei deiner Schwiegermutter sieht es schlecht aus.«

»Was? Schlecht? Geht es ihr nicht gut?«

Alle drei Männer schüttelten ernst ihre Köpfe. »Komm mit«, sagte einer. »Ich nehm dich auch wieder mit rüber, wenn du willst.«

Ängstlich klammerte Jenny sich an dem Fahrer fest. Der Wind wehte ihre Haare ständig ins Gesicht, sie schloss die Augen, spürte nur den feinen Schneestaub und fragte sich, ob die ganze Welt verrücktspielte. Ihre Finger wurden klamm vor Kälte, sie konnte sich fast nicht mehr halten. Doch es war nicht mehr weit.

Vorsichtig fuhren sie über die letzte Hügelkuppe. Menschenleer und tief verschneit lag der See in der Senke. Das

Hotel am Ufer war nur ein Fleck, doch von ihm stieg Rauch auf. Ansonsten war kein Lebenszeichen auszumachen. Weiße Stille überall. Der Fahrer drückte aufs Gaspedal, der Skidoo nahm schnell Geschwindigkeit an, und sie sausten den Hang hinab. Unter anderen Umständen hätte Jenny Spaß daran gehabt, dachte sie sich.

Die Männer ließen ihr den Vortritt. Die Haustür war nicht abgesperrt, nichts zu sehen und niemand zu hören. Alle klopften den Schnee von Kleidung und Schuhen und traten ein.

»Ich weiß nicht …«, sagte Jenny.

»Sie liegt in der Gaststube«, sagte der Bergretter zum Arzt und ging voraus.

Jenny ging zum Schluss. Reglos stand sie im Türrahmen. Sie atmete flach, legte beide Hände auf den Bauch. Joe stand auf und kam auf sie zu. Sein Gesicht war voller roter Flecken, er wischte sich seine Nase am Hemdsärmel ab. Vorsichtig nahm er sie in den Arm.

Die Männer machten Platz für den Arzt. Als Erstes schob er den alten Hund beiseite. »Nehmt ihn mit raus, der lebt nicht mehr.«

Die zwei Bergretter hievten den Hund auf und gingen an Jenny und Joe vorbei nach draußen. Alois öffnete ihnen die Tür und fragte: »Wo bringt ihr ihn hin?«

»Nach draußen. Wir legen ihn auf eine Decke im Seilbahnschuppen.«

Alois nickte, ging wieder in die Gaststube und setzte sich auf die Ofenbank. Jenny drückte sich ängstlich an Joe und verfolgte jede Bewegung des Arztes mit aufgerissenen Augen. »Kann er ihr helfen?«, flüsterte sie.

Joe zog sie noch enger an sich.

»Niemand kann ihr helfen. Gott allein.«

Jenny biss auf die zur Faust geballte Hand.

»Aber wie, warum ...?«

»Vielleicht das Herz ...«

Der Arzt stand auf und drehte sich zu ihnen um. »Es tut mir leid«, sagte er mit fester Stimme und schüttelte allen die Hand. Er ging zur Rezeption und suchte nach einem Stift.

»Es tut mir leid«, flüsterte Jenny. »Ist das alles? Ingrid ist tot, und er sagt, es tut ihm leid?«

Sie wurde immer lauter. Der Arzt drehte sich um. »Worte nützen leider auch nichts mehr. Und ich sag es nicht nur, ich mein es durchaus so. Es tut mir leid.«

*

Das Motorengeräusch drang immer tiefer in Waldingers Gehirn. Er konnte das Brummen nicht zuordnen. Erst als es vor der Haustür verstummte, öffnete er die Augen, und schlagartig kamen die Ereignisse der letzten Stunden oder Tage ihm wieder ins Gehirn. Jegliches Zeitgefühl war ihm abhandengekommen. Gerädert setzte er sich auf, ging zum Waschbecken und erschrak vor der Kälte des Wassers, das er sich ins Gesicht spritzte.

Von unten hörte er Männerstimmen. Waldinger ging leise die Treppe hinab und blieb im Flur stehen. In der Stube zum Gastraum stand Joe, der Jenny eng umschlungen hielt.

Jenny war hier? Wie war sie hergekommen? Waldinger fehlte der Durchblick, und er trat schnell einige Schritte die Treppe hinauf, als die Bergretter mit dem toten Hund vorbeikamen. Alois nickte ihm müde zu und ging zurück in die Gaststube. Was sollte Waldinger tun? Er kannte Alois nicht gut genug, um ihm beistehen zu können. Er ging lieber kurz an die frische Luft. Ohne seine Jacke trat er auf die Terrasse und blinzelte in den hellen Schnee. Irgendwo hier oben musste Helga sein. Alle ihre Sachen waren in dem kleinen Eckzimmer einen Stock höher. Waldinger schaute in den hellen Himmel und suchte nach Antworten. Doch das Einzige, was er bekam, war eine Gänsehaut.

Waldinger ging am Arzt vorbei und setzte sich zur Familie in die Gaststube. Jenny zündete eine große Kerze an, und Alois murmelte ein Vaterunser. Joe stierte abwesend ins Leere. Die Haustür fiel ins Schloss. Eine unangenehme Situation. Die Stille zog sich. Waldinger fiel in das Gebet mit ein. Zögerlich folgten Joe und Jenny. Georg fiel auch mit ein. Seine Freundin senkte zumindest den Kopf. Nach wenigen Minuten kamen die Bergretter und der Arzt wieder herein.

»Wir müssen eure Frau und Mutter ins Tal bringen.«

»Nein«, sagte Alois bestimmt. »Ich werde einen Sarg be stellen und sie hier aufbahren.«

»Vater, kein Mensch kommt bei diesem Wetter hier herauf zum Kondolieren. Es ist besser, wir bringen sie runter.«

»Nein, Ingrid gehört an den Körbersee.«

Der Arzt nahm Alois' Hand und sagte: »Wir machen das schon, dann kannst du dich um alles andere kümmern. Am besten telefonierst du mit einem Bestatter, der kann dir sagen, was zu tun ist. Der wird dir eine große Hilfe sein.«

»Das Telefon funktioniert nicht.«

»Ich schick euch jemanden hoch«, sagte der Arzt. »Ich funk meine Frau an, sie wird das in die Hände nehmen.«

»Helga könnte euch beistehen«, sagte Waldinger. »Wo ist sie denn?«

Alois und Joe schüttelten ihre Köpfe.

»Helga? Die war mit den Ausflüglern da, die sind alle schon lang wieder daheim«, sagte Alois.

Waldinger schüttelte den Kopf.

»Sie ist nicht heimgekommen, und ihre Sachen sind noch oben auf dem Zimmer.«

Joe starrte ihn an. »Das kann nicht sein. Es ist niemand mehr da. Ich hab seit gestern Abend auch niemanden mehr gesehen.«

»Sie ist nicht mit heimgekommen.«

»Was heißt das?«

»Sie muss noch hier sein!«

*

Der Abend kam Waldinger ewig vor. Draußen bitterkalt und im Haus trotz brummender Heizung nicht weniger. Zusammen mit Ingrid und dem Hund schien alle Energie aus dem Hotel fortgeblasen zu sein. Froh darum, etwas tun zu können, hatten sie alle gemeinsam das Haus von oben bis unten durchsucht. Nichts. Keine Spur von Helga. Erschöpft trafen sie gegen zweiundzwanzig Uhr am Stammtisch zusammen.

Jenny trank Tee, alle anderen hatten eine große Flasche Bier vor sich. Georg hatte einen großen Schluck genommen, alle anderen Flaschen standen unangerührt nebeneinander. Georg war es auch, der die unangenehme Stille durchbrach.

»Hier versteckt sich definitiv niemand, Reinhold.«

Waldinger nickte besorgt und zuckte kraftlos mit den Schultern. »Sie ist verschwunden.«

Jenny legte ihm leicht ihre Hand auf den Unterarm. »Kannst du sie noch spüren?«

Irritiert schaute Waldinger sie an. Jenny nickte und lächelte zaghaft. »Ich spür Linus noch. Das bild ich mir zumindest ein. Er ist zwar verschwunden, aber irgendwie ist er noch da.«

»Die Einzige, die gestorben ist, ist unserer Mama«, sagte Joe. »Aber an die denkt keiner von euch!«

Er wischte seine Tränen am Hemdsärmel ab.

Da sagte Georg mit kräftiger Stimme: »Wir müssen jetzt zusammenhalten. Es gibt so viel zu tun. Wir müssen einen Plan machen, wer sich um was kümmert.«

»Was für einen Plan?«, fragte Alois und wirkte völlig weggetreten. Waldinger nahm einen Schluck von seinem Bier.

Fenja, die Freundin von Georg, stand auf und holte Schreibzeug und einen großen Block Papier.

Georg zählte an seinen Fingern ab, was alles anstand.

»Wir müssen überlegen, wen wir alles informieren. Verwandte, Freunde, Gäste … das wird eine lange Liste. Und hoffen, dass das Internet bald wieder funktioniert. Wir brauchen einen Termin für die Beerdigung, jemand muss mit dem Pfarrer reden, einer Musikgruppe. Und wo halten wir das Totenmahl? Wie viele Leute laden wir dazu ein, was ziehen wir der Mama an, und was machen wir mit dem Personal, das diese Woche eingearbeitet werden muss? Wer schreibt die Todesanzeige? Wir brauchen ein aktuelles Foto und einen passenden Spruch, und sollen wir sie im Sarg vergraben? Dann brauchen wir so einen, oder wir äschern sie ein, dann brauchen wir einen Termin im Krematorium. Wir müssen alle ins Tal, ohne Telefon geht da gar nichts, aber wie nehmen wir die Mama mit und gibt es eigentlich ein Testament?«

»Jetzt ist aber Schluss!« Joe stand empört auf. »Das klingt ja, als hättet ihr damit gerechnet … Alles schon so durchdacht … Ihr könnt doch nicht einfach …« Tränen rannen über sein Gesicht, er konnte nicht weitersprechen. Jenny zog ihn neben sich auf die Bank. Waldinger stand auf.

»Ich leg mich hin. Ich bin müde. Heute können wir nichts mehr ausrichten.«

»Ich kann doch nicht einfach schlafen gehen …«, sagte Joe. Alois stand wortlos auf und nickte. Er ging zur Tür, drehte sich schwerfällig um und sagte: »Ich habe in den letzten dreißig Jahren nie ohne Ingrid an meiner Seite geschlafen.«

Dann wankte er die Treppe hinauf.

Waldinger ging hinter ihm her. Er konnte mit seinem Schwager mitfühlen. Vielleicht würde er selber auch nie mehr an Helgas Seite schlafen.

*

Jenny schüttelte das zerknüllte Kopfkissen auf und legte sich auf die andere Seite. Leise weinend lag Joe auf seiner Seite des Doppelbetts. Der Mond leuchtete durch das Fenster, und Jenny stand auf, um den Fensterladen zu schließen.

»Lass das Fenster ein wenig offen«, bat Joe. »Mamas Seele muss irgendwo einen Weg hinausfinden.«

Jenny fröstelte. Nicht nur von der kalten Luft da draußen. Aber nicht durch unser Zimmer, dachte sie insgeheim, doch sie erfüllte Joe seinen Wunsch. Lautlos schlüpfte sie wieder unter die Decke und kuschelte sich näher an ihn. Er seufzte tief und legte seinen Arm über ihren Rücken.

»Sie wusste nicht einmal, dass sie Oma werden würde.«

Jenny streichelte ihren Bauch.

»Vielleicht wird es ein Mädchen«, sagte Joe nachdenklich. »Das wär doch schön, oder?«

Jenny nickte. »Es ist schlimm heute. Besonders für dich. Aber es wird weitergehen. Dieses Kind ist ein Zeichen für uns, Joe. Es wird weitergehen. Alles wird gut.«

Joe nickte dankbar und stutzte plötzlich. »Ich denk nur an mich. Es tut mir leid, Jenny. Was ist mit Linus? Ist er wieder aufgetaucht?«

»Nein, aber ich kann ihn fühlen.«

»Was meinst du damit?«

»Ich bin mir sicher, dass ich es spüren würde, wenn er tot wäre.«

Joe setzte sich auf.

»Im Ernst?«

»Natürlich. Vielleicht ist es aber auch nur die Hoffnung.« Sie zuckte mit den Schultern und seufzte ebenfalls. »Das mit Helga ist allerdings schon komisch, oder? Ich hab noch mit ihr gesprochen. Sie wollte Reinhold eine SMS schicken. Seither hat sie niemand mehr gesehen.«

Joe stand auf und schloss das Fenster.

»Mir ist ganz komisch. Ich habe das Gefühl, die Welt geht bald unter.«

## Montag, 12. Dezember

Zum Frühstück gab es Kaffee. Fünf müde Gesichter zeugten von einer schlaflosen Nacht. Augenringe, hängende Schultern und unrasierte Männer. Es war ein trostloser Anblick. Niemand hatte Appetit. Jeder wartete darauf, dass ein anderer die Energie aufbrachte, irgendetwas zu sagen oder zu tun.

Der Heizung brummte ab und an, die Kaffeemaschine machte gurgelnde Geräusche, und selbst der Kühlschrank war heute nicht zu überhören. Waldinger beobachtete eine Fliege, die an einem von gestern übrig gebliebenen Brösel ihren Hunger stillte. In einer anderen Situation hätte er sie weggescheucht. Heute war er froh um jede Ablenkung. Sie leckte sich scheinbar genüsslich ihre Vorderbeine ab. Doch urplötzlich flog sie hoch. Etwas hatte sie erschreckt. Auch in alle anderen kam Bewegung. Waldinger hörte hin. Jetzt, noch einmal. Die Türklingel. Das banale Geräusch klang absurd in der Stille. Kein Mensch klingelte normalerweise am Körbersee. Die Tür stand Tag und Nacht offen. Gäste waren immer willkommen. Doch ausgerechnet heute klingelte es.

»Wo ist das Ruhetag-Schild?«, fragte Jenny.

Doch Alois stand schon wortlos auf und schlurfte mit hängenden Schultern zur Haustür. Waldinger hörte Stimmengemurmel, dann kamen mehrere Personen auf leisen Schritten näher. Alois trat in die Gaststube und hielt die Tür weit auf. Jetzt war es an Waldinger, erschrocken aufzublicken, schließlich kannte er die beiden Personen, die jetzt in der Tür standen, nur zu gut.

»Was macht ihr beiden hier?«, stammelte er überrascht. »Es ist Montagmorgen, habt ihr auch Urlaub, habt ihr die Kripo dichtgemacht?«

Koch und Meuse schüttelten die Köpfe, und Koch starrte ihn ebenfalls erschrocken an. »Ich glaub es nicht, hier bist du? Das gibt's doch nicht. Weißt du eigentlich, was drunten abgeht? Kathrin schickt gleich die Bergrettung los, um dich zu suchen. Die ist vor Sorge außer sich.«

Meuse trat an ihr vorbei. »Nolde, wir versuchen seit gestern Abend, dich zu erreichen. Niemand weiß, wo du bist, nur, dass du vor Sorge um Helga halb durchdrehst. Meld dich sofort bei deinen Kindern.«

Nun sprach Georg dazwischen: »Dann seid ihr beiden hier, um Nolde zu suchen? Ist denn Helga wieder daheim?«

»Nein.« Meuse machte eine ernste Miene. »Wir sind wegen was anderem hier. Der Arzt aus Schröcken hat uns angerufen. Wir sind hier, um einen Mordfall zu untersuchen.«

Waldinger schluckte trocken und schaute sich um. Alois starrte in die Luft, bei ihm war die Nachricht noch nicht durchgesickert.

Fenja hauchte: »Oh mein Gott«, und klammerte sich an den blassen Georg. Ihr Mund blieb offen stehen, Joe hatte sich am Kaffee verschluckt, hustete und suchte nach einem Taschentuch.

Jenny lehnte blass an der Stuhllehne, fasste sich als Erste und sagte: »Mordversuch? Dann seid ihr hier falsch.«

Koch schüttelte energisch den Kopf. »Es gibt nur ein Gasthaus am Körbersee. Es gibt überhaupt nur ein Haus hier. Wir können nicht falsch sein.«

»Vielleicht am Kalbelesee oder so?«, fragte Joe hoffnungsvoll.

»Gibt's dort eine Ingrid?«, fragte Meuse.

Jetzt dämmerte es auch Alois. Höflich sagte er: »Setzt euch doch, bitte. Jenny wird euch einen Kaffee geben, dann können wir dieses Missverständnis in aller Ruhe aufklären. Meine Frau ist tot, sie hatte einen Herzinfarkt.« Er schluchzte laut auf und vergrub das Gesicht in seinen Händen.

»Es tut uns leid«, sagte Koch, »Aber wir können es euch nicht ersparen. Der Doktor hat sehr detailliert Auskunft über die Vergiftung gegeben. Wir werden alle Anwesenden einzeln befragen müssen. Das Team von der Spurensicherung wird auch gleich hier sein. Die kommen mit der Pistenwalze, ihre Ausrüstung fand auf den schnelleren Skidoos keinen Platz.«

»Ich bin im falschen Film«, seufzte Fenja. »Natürlich hab ich mir ein wenig Abenteuer gewünscht, aber das …«

»Es sind zwei Frauen anwesend«, sprach Koch fürs Protokoll in ihr Smartphone. »Wir gehen gemeinsam einen Stock höher. Ich werd die drei anwesenden Männer befragen und Meuse die zwei Frauen.«

Jetzt wurde es Waldinger zu viel. »Als ich kam, war sie schon tot, ihr könnt mich von der Liste streichen. Ich kann euch mit den Befragungen helfen, aber zeigt um Gottes willen ein bisschen mehr Mitgefühl.«

»Versuch du erst mal, irgendwo Empfang zu bekommen und Kathrin anzurufen. Vermutlich ist Helga mittlerweile auch zu Hause und macht sich Sorgen. Und dann kommst du wieder hierher. Wir haben noch ein paar Fragen!« Meuses Stimme klang ernst und ließ keinen Platz für Einwände.

*

Waldinger hielt suchend sein Handy in die Luft. Laut Jennys Erklärung sollte er irgendwo hier oben Empfang bekommen. Sein Magen war verkrampft. Er machte sich Vorwürfe, immerhin waren Kathrins Ängste nachvollziehbar. Er hätte ihr Bescheid geben müssen über das, was er vorhatte. Er hatte nur an Helga und sich selber gedacht.

Sein Magen krampfte sich noch mehr zusammen, als er hoffte, Helga würde daheim das Telefon abnehmen. Der Kaffee vom Frühstück kam ihm beinahe hoch. Er wünschte nichts mehr, als ihre Stimme zu hören. Er würde tausend Euro an die Flüchtlingshilfe spenden oder sonst was. Bitte, bitte. Doch das Handy zeigte immer noch keinen Empfang. Am einfachsten würde es sein, an den Salober rüberzulaufen und dort im Gasthaus zu telefonieren. Vielleicht war dort alles in Ordnung, immerhin stand das Gasthaus fast direkt an der Straße, doch Meuse würde nicht so lange auf ihn warten.

Er tappte durch den Tiefschnee noch ein Stück höher. Bei jedem Schritt versank er fast bis zum Oberschenkel. Für die Schönheit der Schneelandschaft hatte er keinen Blick übrig. Verdammter Schnee. Alles zugeschneit. Unmöglich, irgendeine Spur zu finden. Er lehnte sich an einen einzeln stehenden Baum. Vermutlich war der Stamm recht hoch, doch heute wäre es ein Leichtes, bis in die Krone zu klettern. Doch mit seinen klammen Fingern wollte er sich nicht an den verschneiten Ästen festhalten.

Wieder versuchte er, Netzempfang zu bekommen. Ungeduldig hielt er die kleine Anzeige im Auge, während er das Telefon in alle Richtungen hielt. Nichts. Erschöpft ließ er die Hand sinken. So ein verfluchtes Wochenende. Und jetzt verdächtigten seine Lieblingskollegen ihn sogar noch des Mordes. Doch das würde sich schnell aufklären. Sie mussten ihm helfen. Sie mussten den ganzen Apparat in Bewegung setzen und nach Helga suchen. Wenn wirklich jemand versucht hatte, ihre Schwester umzubringen, dann war sie vielleicht auch nicht mehr sicher. Helga, wo steckst du nur?

Mutlos schaute er noch einmal auf das Display. Ja. Jetzt. Der Empfang schien ausreichend zu sein. Mit eiskalten Fingern tippte er, um daheim anzurufen. Es dauerte, erst blieb alles still, doch dann tutete es aus seinem Handy. Nervös wartete er darauf, dass seine Frau endlich abheben würde. Er kniff die Augen zusammen und sandte Stoßgebete zum Himmel, versprach Spenden und alles, was ihm in den Sinn kam, doch keiner hob ab. Mutlos schaute er sich um. Er musste schnellstmöglich ins Tal, musste die Jahrgänger befragen. Jemand musste irgendwas mitbekommen haben. Er musste etwas tun, er konnte nicht länger hier oben herumsitzen. Er schaute hinunter zum Gasthaus. Aus dem Kamin kam Rauch, ansonsten war keine Bewegung erkennbar. Plötzlich setzte Waldinger sich voller Energie in Bewegung. Er stapfte auf die Spur zu, die die Skidoos hinterlassen hatten. Diese Spur würde ihn auf den Hochtannberg bringen. Vermutlich fuhren von dort schon wieder Busse talauswärts. Er musste raus aus diesem Schneeloch, er musste seine Frau finden.

Auf der Spur ging es ein wenig schneller. Er fiel in leichten Laufschritt, doch wirklich zügig kam er trotzdem nicht voran.

Bald wäre er auf der Geländekuppe, und abwärts würde er richtig Gas geben. Doch bevor er auf die Kuppe kam, machte er plötzlich ein Geräusch aus. Das war vermutlich die Pistenwalze mit der Spusi.

Waldinger schaute sich um, verstecken war schwierig, er würde Spuren hinterlassen. Verflixt noch mal, ob sie ihn gehen ließen, wenn er ihnen entgegenkam? Natürlich würden sie ihn sofort erkennen. Er arbeitete seit Jahren immer wieder mit Willi und Düringer zusammen. Was sollte er tun?

*

Jenny saß müde auf dem Stuhl im ersten Gästezimmer. Meuse hatte gesagt, er würde mit ihr anfangen. Die Schwägerin saß im Nebenzimmer.

Der Kriminalist hatte seine warmen Wintersachen ausgezogen, saß in einem knallroten Sportler-T-Shirt vor Jenny und wuschelte mit beiden Händen durch seine Kurzhaarfrisur.

»Ihr lebt an einem der schönsten Plätze der Welt«, sagte er begeistert.

Jenny nickte unbehaglich. Das Smartphone auf der kleinen Tischplatte zwischen ihnen zeichnete jedes ihrer Worte auf. Hoffentlich sagte sie nichts Falsches.

»Wie lange wohnst du schon hier oben? Du bist Ingrids Schwiegertochter, oder?«

»Ich habe die Tourismusfachschule in Bludenz gemacht und direkt nach der Schule begonnen, hier zu arbeiten. Schon fast zehn Jahre.«

»Wo kommst du her?«

»Aus Schröcken. Ich bin mit dem Joe gemeinsam in die

Grundschule gegangen.«

Meuse lehnte sich zurück und lächelte. »Das gibt's wohl eher selten. Den Kindergartenfreund zu heiraten. Ihr seid verheiratet, oder?«

»Seit dem Frühling letztes Jahr.«

»Und wie kommst du mit deinen Schwiegereltern klar?«

»Ganz gut«, nuschelte Jenny.

»Bitte sprich deutlich«, forderte Meuse sie auf. »Und ein wenig konkreter, bitte.« Das Lächeln wirkte echt. Jenny entspannte sich und sagte deutlich: »Ich komme gut mit meinen Schwiegereltern klar. Der Alois ist immer sehr nett und freundlich mit mir umgegangen.«

»Und Ingrid?«

»Sie war auf ihre Weise auch nett. Sie wollte immer, dass es allen gut geht. Sie ist großzügig gegenüber den Kunden, gibt oft einen Kaffee oder Schnaps aufs Haus, und sie ist es, die das Gasthaus so erfolgreich aufgebaut hat. Bevor sie hier einzog, war es mehr eine bessere Alphütte.«

»Ist sie dir gegenüber auch großzügig gewesen?«

Jenny überlegte kurz. »Sie hat nur selten Nein gesagt, wenn Joe und ich etwas brauchten, um unsere Wohnung umzubauen oder so. Doch.«

»Doch? Oder lieber aber?«

»Nein, kein Aber, es ist nur, sie wollte halt immer alles wissen und über alles die Kontrolle haben, aber das ist vermutlich normal, wir sind ja noch jung.«

»Sechsundzwanzig, oder?«

Jenny nickte.

»Kam der Joe damit zurecht, noch immer unter Mamas Fuchtel zu stehen?«

Jennys Stimme wurde wieder leiser. »Der hat das selber gar nicht wahrgenommen.«

*

Waldinger stellte sich dumm. Als die Pistenraupe neben ihm anhielt und Willi die Seitentür öffnete, sagte er mit überraschtem Unterton und hochgezogenen Augenbrauen: »Ja, sag einmal, was macht denn ihr da? Betriebsausflug, oder was?«

Willis Überraschung war echt. »Nolde?!«

Waldinger fühlte sich zu einer Antwort verpflichtet. »Ich hab Urlaub, und so eine wunderbare Winterlandschaft sieht man nicht jedes Jahr, aber ich muss weiter, der Bus am Hochtannberg wartet vermutlich nicht auf mich. Servus.«

Er stapfte durch den Tiefschnee an der Pistenraupe vorbei und ließ drei verdutzte Gesichter zurück.

Endlich ging es bergab. Er legte einen Gang zu. Obwohl hier eine gute Spur war, sank er immer noch ein. So viel Neuschnee war extrem schwierig, die Pisten würden heute noch nicht lange halten. Aber vor Weihnachten waren noch nicht so viel Schifahrer unterwegs.

Mit diesen Gedanken versuchte Waldinger, sich abzulenken. Abzulenken von Angst, Sorgen und Lügen. Er hatte seine Kollegen belogen. Das war ihm noch nie passiert. Ja, passiert. Das hatte er so nicht vorgehabt. Sie würden sich wundern. Hoffentlich nicht sogar verdächtigen. Aber sie würden ihn verstehen. Helga ging vor. Er war momentan nicht ganz bei Sinnen. Das sah er selber ein. Er war völlig neben der Spur. Plötzlich fühlte er sich erbärmlich. Waldinger allein auf eiskalter Spur. Er versuchte, ein Stück zu rennen, doch er musste wieder aufgeben. Im Schnee war es extrem anstrengend. Vor sich sah er nur Schnee. Und eine einsame Spur. Wo würde dieser Tag ihn noch hinführen?

*

Nass, verfroren und erschöpft stand er nach einer Stunde Kampf durch den Schnee auf der frisch geräumten Landstraße auf dem Hochtannbergpass. Erschöpft, aber doch auch froh, endlich wieder ein wenig Zivilisation vor sich zu haben, und sei es auch nur in Form einer geräumten Straße, zog er sein Handy wieder hervor. Ein hoffnungsvolles »Ja?« schallte ihm entgegen, als seine Tochter Kathrin nach dem ersten Klingeln an ihr Handy ging.

»Servus, Kathrin, ich bin's!«

Die erste Verblüffung legte sich schnell, und sie sprudelte los: »Ja, sag einmal, bist du wahnsinnig? Rufst hier einfach an, als ob nichts wär. Ich hab alle Fingernägel abgekaut und zehn blutige Fingerspitzen, und du sagst einfach: ‚Hallo, ich bin's.'?«

»Es tut mir leid, ich hab nicht daran gedacht …«

»Wo bist du denn? Ich wusste nicht mal, ob du noch lebst, diese Lawinen …«

»Kathrin, ich hatte kein Netz, okay?«

»Nein, das ist nicht okay! Warum bist du nicht zu Hause? Wo ist Mama? Wieso erreich ich keinen von euch, wieso …«

Waldinger schloss für einen Moment die Augen und ließ die Schultern sinken. Helga war also immer noch nicht daheim.

»Ich such sie, Kathrin. Mama ist verschwunden, und deine Tante ist tot und der Hund auch, Linus verschwunden und eine verdammte Lawine hat …«

»Wer ist tot? Ingrid und der Hund sind unter eine Lawine … oh mein Gott, das ist ja …«

»Nein. Ingrid hatte einen Herzstillstand, der Hund war alt, und jetzt ist die Kripo am Körbersee, und die wollen meine Fingerabdrücke, aber ich hab gesagt, ich muss telefonieren und bin abgehauen und suche Helga, und jetzt suchen sie vermutlich mich …«

»Papa. Was ist los?« Er hörte ihre Schluchzer, und eine Gänsehaut überfiel ihn. Kathrin räusperte sich: »Am Samstag waren wir noch ganz eine normale Familie!«

»Es ist erst Montag, aber mein früheres Leben gibt es nicht mehr. Du musst mir helfen, Kathrin.«

»Ja, wie denn?«

»Sag erst mal Martin Bescheid, dass er sich keine Sorgen mehr macht.«

»Das ist eh klar, aber was kann ich sonst tun?«

»Fahr bei Martha vorbei. Die Frau vom Sportgeschäft …«

»Ich weiß, wer Martha ist.«

»Frag sie aus. Sie soll dir alles erzählen. Sie war dabei am Körbersee. Frag sie, ob es Streit gegeben hat. Streit zwischen Helga und Ingrid. Frag sie …«

»Papa. Ich kann das nicht.«

»Doch, das schaffst du. Und dann rufst du mich an. Es ist dringend. Es geht um das Leben deiner Mama.«

Sein Akku war leer. Das Telefon tot.

Erschöpft sank Waldinger in den tiefen Neuschnee.

*

Koch schaltete die Aufnahmeoption auf ihrem Smartphone ein und lehnte sich zurück. Sie verschränkte ihre Hände und beobachtete Joe, der ihr gegenübersaß und sich wiederholt die Stirnfransen zur Seite strich. Dann beugte sie sich leicht vor, sagte Datum, Ort und Uhrzeit und bat Joe, sich kurz vorzustellen.

Er räusperte sich umständlich, beugte sich Richtung Tischmitte, wo das Aufnahmegerät lag, und sagte: »Ich heiße Josef. Und bin der jüngere Sohn von Ingrid und Alois. Ich bin sechsundzwanzig Jahre alt und wohne mit meiner Frau Jenny hier am Körbersee.«

Er lehnte sich zurück und schaute Koch fragend an. Sie nickte. »Wann hast du deine Mutter zuletzt gesehen?«

»Ich weiß nicht. Ich überleg es schon die ganze Zeit, ich kann mich nicht erinnern, es war so viel dieses Wochenende.«

»Okay. Gestern? Erinnere dich zurück an den Sonntag. Habt ihr gemeinsam gefrühstückt?«

Er schüttelte den Kopf. »Nein, ich frühstücke nie.«

»Mittagessen?«

»Gestern haben wir nicht gemeinsam gegessen.«

»Warum nicht?«

»Jeder isst, wann er kurz Zeit hat. Wir haben uns am Nachmittag alle gemeinsam unterhalten, aber gegessen haben wir nicht zusammen.«

»War Ingrid bei dieser Unterhaltung dabei?«

»Natürlich, und dann bin ich losgegangen, um den Schnee von der Terrasse zu räumen, und dann, dann hab ich sie nicht mehr gesehen.«

»Wie war dein Verhältnis zu deiner Mutter?«

»Sie war meine Mutter, sie war alles für mich. Sie kam immer gleich nach Jenny.«

»Oder noch vor Jenny?«

Joe schüttelte vehement den Kopf. »Jenny steht seit Jahren an allererster Stelle. Für sie …«, er verstummte.

»Für sie würdest du alles tun?«

Er nickte vorsichtig. »Fast alles, ja!«

*

Seine Hände waren taub vor Kälte. Er sah Kathrins abgenagte Fingerspitzen vor sich. Wieso hatte er ihr nicht Bescheid gegeben, bevor er aufgebrochen war? Er kämpfte sich wieder auf die Füße, klopfte den Schnee von seinen Hosen und lief auf der Straße talwärts. Sie war geräumt, die Schneemauern am Rand mehr als mannshoch und weit und breit kein Fahrzeug in Sicht. Was sollte er tun? Er kannte sich selber nicht mehr aus. Er, der sonst für alle einen Rat parat hatte, merkte zum ersten Mal, wie es sich anfühlte, völlig hilflos zu sein. Es war ein neues Gefühl für ihn. Extrem unangenehm. Mit hängenden Schultern und nassen Hosen stand er verloren am Straßenrand. Er musste etwas tun. Er musste Helga finden. Doch im Moment traute er sich kaum, an sie zu denken. Warum war die Kripo am Körbersee? Hatte wirklich jemand Ingrid umgebracht? Wäre der Mörder dann nicht geflüchtet? Er konnte nicht weiterdenken, auch wenn dieser Gedanke einen kleinen Lichtblick am Horizont bedeutete. Dann wäre Helga vermutlich noch am Leben, wenn sie freiwillig …

Er biss sich auf die Lippen, nicht mal den Gedanken konnte er zulassen. Er brauchte Hilfe. Allein war er zu nichts mehr fähig. Das für ihn stets meilenweit entfernt klingende Wort »Burnout« hatte für Waldinger plötzlich eine Bedeutung erlangt.

Wie in Trance wanderte er die Straße entlang talwärts. Kehre um Kehre, Schritt für Schritt. Seinen Kopf hatte er ausgeschaltet, er nahm keine Gedanken mehr wahr, keine Bewegung, nur Müdigkeit und Trauer. Trauer um sein früheres Leben, Trauer um alles, das er noch mit Helga hatte erleben wollen. Und auch Trauer um Ingrids Familie. Zwei Familien von heute auf morgen auseinandergebrochen, verändert. Er spürte die Trauer in seinem Herzen. Sonst nichts. Es war nur seinem Überlebensinstinkt geschuldet, dass Waldinger nun seine Füße in die Hand nahm und Schritt für Schritt Richtung Tal ging.

*

Koch stand auf, als sie von draußen die herannahende Pistenwalze hörte. »Die haben ganz schön lang gebraucht, das werden die Kollegen von der Spurensicherung sein, ich lass sie rein.«

Sie ging zur Haustür und öffnete. Willi und Düringer stiegen aus und streckten ihre Beine und Arme. Zu dritt in der kleinen Kabine war es bei Willis Körpergröße vermutlich ein wenig ungemütlich, vermutete Koch. Da stieß Jenny sie heftig beiseite und rannte in Socken in den Schnee hinaus. Sie stürmte an den beiden Neuankömmlingen vorbei und klettere zur Führerkabine hoch.

»Du bist's, Charly, hast du was von Linus gehört?«

Der Walzenfahrer nahm seine Sonnenbrille ab und sagte mit brummender Stimme: »Nee, Jenny, noch nicht. Aber dein Zwilling ist wie Unkraut, der vergeht nicht.«

»Wo kann er nur sein?«

Der Walzenfahrer zuckte mit den Schultern. »Vom Betriebsleiter wird er zwar einen Anschiss kriegen. Der strengste Tag im Jahr und der beste Mann fehlt. Also, ich muss wieder, sonst dreht der Alte völlig durch. Mach dir keine Sorgen Jenny, kennst doch Linus!«

Er lachte und zeigte mit dem Daumen nach oben, bevor er die Tür ins Schloss zog und den Rückwärtsgang einlegte. In nassen Socken tappte Jenny zurück ins Haus. Im Flur standen die vier Kriminalbeamten beieinander. Koch erklärte gerade die Sachlage, als Willi brummte: »Ihr glaubt nicht, wen wir auf dem Weg hierher getroffen haben?«

»Den Yeti?«, fragte Koch.

»Ja, fast. Nee du, der Nolde ist an uns vorbeigelaufen, aber irgendwie war er völlig neben der Spur.«

Meuse wirkte zornig. »Er wollte nur kurz seine Tochter anrufen. Aber das war vor einer guten Stunde.«

»Habt ihr ihn auch getroffen?«, fragte Willi überrascht.

Meuse schnaubte: »Das ist unser Hauptverdächtiger!«

Jenny zog sich trockene Socken an. Hatte sie eben richtig gehört? Waldinger sollte der Hauptverdächtige sein? Oder war das nur ein Scherz unter Kollegen gewesen? War es denn überhaupt erwiesen, dass Ingrid nicht einfach einen Herzinfarkt hatte? Sie kannte sich nicht mehr aus. Am liebsten würde sie sich in die Badewanne legen und an gar nichts mehr denken. Weder an Ingrid noch an Linus oder Joe. Abschalten, irgendwie. Aber das Baby in ihrem Bauch vertrug noch nicht mal einen Schnaps.

Wie konnte sie die nächsten Tage überstehen? Irgendwie musste sie funktionieren, irgendwie musste sie das alles durchstehen. Jetzt war es an ihr, zu zeigen, dass sie anders war als die Frauen in ihrer Verwandtschaft vor ihr. Von der Brücke springen und vor den Schwierigkeiten davonlaufen war keine Lösung. Sie bekam ein Baby, sie musste über sich selbst hinauswachsen, musste stark sein für ihre Familie. Sie musste die Starke sein. Joes Stärke war bisher immer von Ingrid abhängig gewesen. Ob er diese Krise aushielt? Wie würde das Leben weitergehen ohne eine Chefin im Rücken? Würde das Gasthaus überhaupt an Joe übergeben werden? Immerhin war Georg der ältere der Brüder.

Sie öffnete das Fenster und atmete tief ein. Einmal, zweimal, dreimal. Sie musste wieder runter. Sie war jetzt der Kapitän dieses wackligen Schiffes. Sie würde es sicher in den Hafen führen. Für sich, für Joe und für ihre Kinder. Sie schloss das Fenster und mit erhobenem Kopf ging sie wieder nach unten. Ihr Baby würde eine starke Mama haben!

*

Waldinger war beim verlassenen Auto von Linus angelangt. Er öffnete die Tür und setzte sich hinters Lenkrad. Er lehnte seinen Kopf gegen die Kopfstütze und schloss die Augen. Bitte, lieber Gott, zeig mir einen Ausweg, bat er leise und hatte das Gefühl, der Herrgott würde ihm gnädig zunicken. Er drehte sich um und schaute, was Linus alles im Auto herumliegen hatte. Vielleicht trockene Schuhe oder Socken?

Das wär schon was. Auf der Rückbank lagen leere Red-Bull-Dosen, zusammengeknüllte Marlboro-Schachteln, alte Papiertüten von Wurstsemmeln aus dem kleinen Laden im Dorf, ein schmutziges Handtuch, und darunter lugte tatsächlich eine Socke hervor. Zumindest etwas sockenähnliches Schwarzes.

Waldinger stieg aus und öffnete die hintere Tür. Da flatterte ein kleiner Zettel in den Schnee. Waldinger nahm ihn auf und studierte ihn. Doch es war nur ein Einkaufsbeleg. Waldinger musste trotz allem schmunzeln. Linus hatte eine Packung Milka-Herzen und eine Flasche Prosecco gekauft. Anscheinend war er tatsächlich ein charmanter Frauenheld. Waldinger hoffte und glaubte nicht, dass Linus unter der Lawine war. Die Bergretter hatten den ganzen Lawinenkegel mehrere Male durchstochert und durchkämmt. Es musste eine andere Erklärung geben.

Und plötzlich traf es ihn wie einen Blitz.

Was, wenn … Linus und Helga? Das war absurd. Nein. Seine Frau war dreißig Jahre älter als Linus. Die Milka Herzen. Er suchte noch mal nach dem Einkaufsbeleg. Wo und wann? Der Beleg stammte vom Dorfladen, aber die Uhrzeit konnte nicht stimmen. Um zwanzig Uhr achtunddreißig hatte der Laden längst geschlossen. Am Samstag schloss er um zwölf Uhr Mittag. Die Kasse musste falsch eingestellt sein. Trotzdem steckte er den Zettel in seine Jackentasche. Das schwarze Dings unter dem Handtuch war leider keine Socke, sondern eine Maske, wie Motorradfahrer sie oft unter ihrem Helm trugen.

Helga und Linus? Waldinger wurde heiß und kalt gleichzeitig. Er kniff die Augen zu. Nein, seine Helga war weder eine Mörderin noch eine Ehebrecherin. Er kannte doch die Frau, mit der er seit über fünfundzwanzig Jahren verheiratet war. Oder etwa nicht?

*

Um der Spurensicherung nicht im Weg rumzusitzen, hatten Koch und Meuse nach den Befragungen alle Familienmitglieder im Ruheraum neben der Sauna versammelt. Meuse achtete darauf, dass keinerlei Absprachen getroffen werden konnten, und Koch verzog sich bei weiteren auftauchenden Fragen mit jedem einzeln in die momentan nicht in Betrieb befindliche Sauna.

Georg schloss die Tür resolut hinter sich. »Ist es sicher, dass da niemand mithört?«

Koch schmunzelte amüsiert. »Also, ich hab mich nicht verwanzen lassen, du vielleicht?« Er ließ seine schönen Zähne in seinem braun gebrannten Gesicht aufblitzen.

»Was erzählst du mir denn, was niemand hören soll?«, fragte Koch und deponierte das Smartphone auf einer der harten Ablagen für den Kopf.

»Ich will nicht lange drumherum reden«, sagte Georg. »Meine Mutter war keine einfache Person. Das Zusammenleben mit ihr war nervtötend. Ich hätte das nicht ausgehalten.«

»Inwiefern?«

»In Italien würde man sagen, sie ist der Pate hier. Kennen Sie den Film? Sie hält die Fäden in der Hand, versucht, alle gegeneinander auszuspielen, und will über alles informiert sein. Hinter ihrem Rücken läuft gar nichts. Sie hatte einen eigenen Sinn dafür. Ihr entging nichts.«

»Was entging ihr nicht?«

»Gar nichts. Natürlich meint Joe, er habe sich seine Ehefrau selber ausgesucht. Doch seien wir ehrlich, Mama hat das schon vor Jahren geschickt eingefädelt. Für den Übernehmer des Hotels brauchte sie eine leicht formbare Jasagerin. Jemand, der selber keine starke Familie hinter sich hat, jemand, der auf sie angewiesen ist, der nicht alleine auf eigenen Füßen stehen konnte, und jemand, der trotzdem intelligent und hübsch genug ist, das Gasthaus irgendwann, ich betone, irgendwann selbstständig weiterzuführen. Joe ist leider nicht so der organisierte Überblickstyp, er braucht auf jeden Fall eine passende Frau an seiner Seite.«

»Ist Jenny so eine Frau?«

»Das war sie bisher, aber Schwangere sind immer unberechenbar.«

»Wie unberechenbar?«

»Vielleicht wollte sie ihrem Traum von der eigenen Chefin ein wenig nachhelfen. Das wär kein Problem für sie. Immerhin ist ihr Großvater der wohl beste Giftmischer im Bregenzerwald.«

*

Waldinger hatte wieder Energie getankt, er musste sehen, dass er weiterkam. Aber wenn Helga und Linus gemeinsam abgetaucht waren, dann kam zu seiner Sorge auch noch Ärger dazu. Ärger ließ ihn seine Müdigkeit vergessen, Ärger beflügelte ihn. Es wäre das erste Mal in ihrer Ehe, soweit er wusste, aber er hatte sich auch unmöglich benommen wegen diesem Ausflug. Er könnte sich selbst in die Nase beißen.

Wieso war er nur so eifersüchtig auf diesen lächerlichen Fridel? Der konnte Helga doch nichts bieten, der war weder jung noch schneidig noch witzig, im Gegensatz zu diesem Linus. In Gedanken ging er die Hochzeit von Jenny durch. Linus hatte damals am Nebentisch gesessen. Mit seinem Opa und anderen jungen Schröckern, die Waldinger nicht kannte. Hatte er nicht immer wieder zu ihnen rübergeprostet?

Und einmal, als Waldinger sich auf der Toilette Zeit gelassen hatte. Als er zurückkam, hatte Linus mit Helga getanzt. Sie hatte danach behauptet, die Musiker hätten darauf bestanden, dass alle Anwesenden um das Hochzeitspaar herumtanzten. Aber sie hätte ja auch vorgeben können, zur Toilette zu müssen. Waldinger wurde heiß, hatte es damals angefangen?

Bevor sie heimgegangen waren, hatte Linus Helga in der Bar noch ein Rum-Cola spendiert. Daran erinnerte Waldinger sich noch genau. Helga trank sonst immer nur Wein, aber sie hatte gelacht, seine mürrische Miene ignoriert und mitgetrunken. »Wenn schon in meiner Verwandtschaft jemand heiratet, dann fährst du, oder?«, hatte sie gelacht, und er hatte zum Aufbruch gedrängt. Er hatte das Gefühl gehabt, der einzige Nüchterne in dieser Gesellschaft zu sein. Doch dann war Ingrid mit Alois an die Bar gekommen, und Helga wollte ihr noch zur hübschen Schwiegertochter gratulieren.

»Danke, doch, ich bin zufrieden. Der Joe weiß, was er braucht«, hatte Ingrid zwischen ihren roten Lippen hervorgepresst und gefragt: »Wann werden wir nach Bizau zur Hochzeit geladen? Drei Enkel habt ihr schon, aber noch keinen Ring an den Fingern …«

Waldinger hatte Helgas Arm genommen und sie von der Bar weggezogen. Angeheitert, wie sie war, hätte sie sich von

Ingrid wahrscheinlich nichts gefallen lassen, und dann wäre die Lage eskaliert. Wie schon so oft. Auf der Heimfahrt hatten sie gestritten und ab Schoppernau bis zum nächsten Abend kein Wort mehr miteinander geredet. Waldinger biss sich auf die Lippen. Aber ansonsten hatten sie immer eine gute Ehe geführt.

*

Die Glocke klingelte aufdringlich altmodisch, als Waldinger die Tür zum Dorfladen aufstieß. Etwa zehn Personen starrten ihm ungläubig und sprachlos entgegen. Der Laden war voll, doch kein Wort war zu hören. Das Gebimmel der Glocke verstummte. Waldinger schaute an sich hinunter, dann griff er sich ans Kinn. Okay, er war ein wenig unrasiert, aber das war doch kein Grund, ihn so anzustarren. Es schien ihm, als bewegte sich keiner. Konnte irgendwer das Video weiterlaufen lassen?

Er räusperte sich. Dann schaute er sich um. Stand da irgendwo versteckt jemand mit einer Pistole? Er konnte nichts feststellen, also ging er auf die Frau mit der grünen Schürze zu und zog den feucht gewordenen Kassabon aus der Tasche, um ihn ihr unter die Nase zu halten.

»Hast du den ausgedruckt?«

Die Verkäuferin schaute nur kurz darauf. »Vermutlich, hier arbeitet sonst niemand.«

»Stimmt die Uhrzeit auf der Kasse mit der wirklichen überein?«

Sie zuckte mit den Schultern und bat einen älteren Mann: »Hans, gib mir deinen, den hab ich eben ausgedruckt. Wie spät steht da drauf?«

Umständlich suchte der Mann in seinem kleinen Einkaufskorb nach dem Kassenzettel. Mit zitternden Fingern reichte er ihn der Verkäuferin. Sie schaute auf den Beleg und dann auf ihr Handy. »Passt einwandfrei.«

»Dann stimmt auch dieser Beleg?« Waldinger reichte ihr den zerknitterten Zettel über den Tresen.

Die Verkäuferin runzelte die Stirn und suchte nach einer Brille. Die rückte sie aufwendig zurecht und hielt den Zettel gegen die Lampe.

»Ah ja, ja das könnte hinkommen.«

»Wem hast du die Sachen so spät noch verkauft?« In dem kleinen Laden war es leiser als in der Kirche während der Anbetung. Alle schauten gespannt von Waldinger zur Verkäuferin und wieder zurück. Die Frau räusperte sich. »Das war Linus.«

Ein Raunen ging durch den Raum. Die Kunden drängten sich näher Richtung Kassa. Keiner wollte sich ein Wort entgehen lassen.

»Und für wen waren die Pralinen gedacht?«, fragte Waldinger.

Die Verkäuferin zuckte die Schultern.

»War der Laden um die Uhrzeit noch geöffnet?«

»Nein, er hat bei mir geklingelt und gesagt, es sei dringend.«

»Pralinen und Prosecco. Und dafür hast du extra den Laden aufgesperrt?«

»Ich bin froh um jeden Euro, damit ich den Laden halten kann. So voll wie heute ist es sonst nie.« Anklagend schaute sie sich um, die Kunden senkten langsam ihre Blicke.

»Was hat Linus sonst noch gesagt?«

Sie kratzte sich kurz hinter dem rechten Ohr. »Er hat mich gefragt, was er kaufen soll.«

»Es war dringend, aber er wusste nicht, was er wollte?«

»Ja, er wusste nicht, was er einer älteren Frau schenken könnte, um sich zu entschuldigen.«

»Einer älteren Frau? Hat er einen Namen genannt?«

»Nein, Linus verrät nie Namen. Und sonst hat er nichts gesagt. Er hat gezahlt und ist gegangen. Ist er denn schon wieder aufgetaucht?«

Waldinger schüttelte den Kopf. »Für eine ältere Frau«, murmelte er vor sich hin. »Warum musste er sich entschuldigen?«

Schulterzucken, Stille. Die komischen Reaktionen der Leute in dem Laden gingen Waldinger auf den Geist. Von ganz hinten hörte er ein Piepsen, eine SMS war angekommen. Er reckte den Hals. Dort hatte sich ein älteres Mädchen versteckt. Die Menschen in Schröcken waren wirklich sonderlich. Mit hochrotem Kopf trat die Schülerin vor. »Bleib noch kurz, bitte. Nur kurz«, stammelte sie.

»Weißt du, wo Linus steckt?«

Sie schüttelte den Kopf. »Nein, aber sein Auto, ich glaub, es könnte sein …«

»Was willst du sagen?«

»Eigentlich nichts, aber es ist …«

Waldinger drehte sich um. »Tut mir leid, ich muss weiter.«

»Nein, warte, es könnte wichtig sein.«

»Was denn?«

»Im Facebook, da ist ein Foto, und das hat uns die Verkäuferin gezeigt, und da drauf ist …«

»Linus? Mit einer älteren Frau?«, fragte Waldinger.

»Nein, nicht Linus. Ein älterer Mann, und der sieht irgendwie aus wie, na ja, zumindest ähnlich …«

»Ich muss weiter.« Waldinger griff zur Türschnalle.

Als er die Tür aufzog, kamen sie ihm bereits entgegen. Draußen stand Dorfpolizist Schneider aus Bezau mit seinem neuen Kollegen. Beide in Uniform. Das Polizeiauto stand mit Blaulicht am Straßenrand. Überrascht schaute Waldinger von Schneider zum Wagen, dann spürte er, wie der Kollege seine Hände packte, auf den Rücken drehte und die Handschellen klickten. Es hatte nur drei Sekunden gedauert. Schneider wich Waldingers entsetztem Blick aus, linste an ihm vorbei in den Laden und zwinkerte der Schülerin zu.

»Das mit dem Praktikum klappt. Du hast ihn aufgehalten. Spezial. Facebook ist gar nicht so übel.« Schneider lachte. Dann fiel die Ladentür ins Schloss, und der perplexe Waldinger wurde ins Polizeiauto verfrachtet.

*

Koch hatte über das Funkgerät des Pistenbullys einen der anderen Fahrer gebeten, per Handy auf dem Gendarmerieposten in Bezau anzurufen, und Schneider nach Schröcken bestellt. Das hatte geklappt. Doch von alldem bekam Koch in ihrem Saunakabäuschen nichts mit. Trotzdem kam sie immer mehr ins Schwitzen.

Joe wich ihren Fragen aus. Sie wurde laut und schimpfte: »Jetzt red nicht ständig um den heißen Brei. So werden wir nie fertig.«

Joe zuckte lahm mit den Schultern. »Ich weiß nicht, was das ganze Theater hier soll. Mama hatte einen Herzinfarkt, ich muss die Beerdigung organisieren, den Gästen absagen …«

»Solange hier kein Telefon funktioniert, kannst du eh nichts machen, und jetzt sag mir klipp und klar, wer hier nun der Chef ist.«

Joe zuckte mit den Schultern. Koch sprang auf und stürmte aus der Tür. Sie ging zum Getränkebrunnen, ließ sich frisches Bergquellwasser in einen dünnen Plastikbecher laufen, trank ihn in einem Schluck leer und schmiss ihn gegen die geflieste Wand.

Sie ging die Treppe hinauf und öffnete die Haustür. Tief durchatmen. Wo um Himmels willen war sie hier gelandet? Ihr fehlte eindeutig der Überblick. Wonach sollte sie fragen, um was ging es hier oben? Sie trat nach vorne zum Geländer und blickte über den zugeschneiten See. Was ging hier vor? Wonach suchte sie? Was war mit Waldinger los, und wieso wusste daheim niemand, dass er hier oben war?

Und jetzt war seine Schwägerin tot und er im Schneechaos verschwunden. Das allerdings freiwillig. Und das machte ihr die größten Sorgen. Sie arbeiteten seit Jahren zusammen. Sie hatte immer gedacht, dass sie ihn so leicht durchschauen konnte wie sonst niemanden. Er war normalerweise echt. Mitfühlend, aber immer auch tatkräftig, zuverlässig. Es gab nichts Falsches, Verlogenes an Waldinger. Hatte sie sich jahrelang in ihm getäuscht?

Und was war mit dieser Familie los? Dieser Josef klang wie ein Neunjähriger, der fieberhaft bemüht war, es allen recht zu machen. Und Alois war ein Mann ohne Schultern. Also, bildlich gedacht, dem fehlte jegliches Rückgrat. Nie im

Leben würde einer der beiden zu einer lebenswichtigen Entscheidung in der Lage sein. Oder täuschte sie sich auch hier?

Immerhin hätte sie ihre Hand dafür ins Feuer gehalten, dass Waldinger nach dem Telefonat mit seiner Tochter gewissenhaft wieder zurückkommen und sich an die Arbeit machen würde. Sie schüttelte das Unbehagen ab und trat wieder in den Flur. Vermummte weiße Gestalten schwebten wie Geister durch die riesige Küche. Koch winkte Willi zu. Der kam mit einem Plastikbeutel auf sie zu und flüsterte: »Schon Anhaltspunkte?«

Koch schüttelte den Kopf.

Willi hob die durchsichtige Tüte auf Augenhöhe. »Ich denk, der Doktor hatte recht. Eine Vergiftung durch Medikamente scheint wahrscheinlich. Es gibt zumindest Unmengen von diesen kleinen braunen Flaschen.«

»Du meinst, eine versehentliche Vergiftung oder eine gewollte Überdosis?«

Willi zuckte mit den Schultern.

*

Es war bereits später Nachmittag, als die Ermittler am Körbersee ihre Sachen packten und wieder von einem Pistenbully abgeholt wurden. Die Medikamente mussten ins Labor. Unklar war im Moment noch, wie sie Ingrid am besten auf den Untersuchungstisch bekommen würden. Sie hofften auf gutes Wetter, damit der Hubschrauber morgen fliegen konnte.

Eine andere Möglichkeit sah Koch im Moment nicht. Sie konnten sie schlecht mit der Transportbahn ins Tal schicken.

Das schien ihr dann doch zu wenig pietätvoll. Der Heli wäre ihr entschieden lieber.

Auf der Rückfahrt mit dem Auto nach Bregenz herrschte Ratlosigkeit. Schneider hatte Koch eine SMS geschickt, dass er Waldingers Fingerabdrücke abgenommen habe und dieser sich auf dem Posten in Bezau in Gewahrsam befinde, bis er Nachricht bekäme, wie er weiter vorgehen wollte. Sie mussten also in Bezau vorbeifahren und die Sache mit ihrem Chef klären.

»Wie kann es so weit kommen, dass Nolde in einem Mordfall verdächtig wird?«, fragte Koch eher philosophisch gemeint.

»Wir Kriminalisten sind eben auch nur Menschen«, meinte Meuse.

»Aber Nolde war immer so furchtbar normal«, meinte Düringer, die Kollegin von der Spusi.

Sie waren sich einig, dass der ganze Spuk sich schnell auflösen würde. Nur Meuse meinte orakelhaft: »Wir wissen doch, dass jene, die am Normalsten aussehen, oft die Schlimmsten sind!«

»Ich denke, die Sache mit den Handschellen hat bei ihm durchaus Eindruck hinterlassen. Schneider soll ihn nach Hause schicken«, sagte Willi. »Aber er muss natürlich verfügbar bleiben.«

»Das denke ich auch«, sagte Koch. »Waldinger wird nicht weit gehen, bevor seine Frau nicht wieder aufgetaucht ist.«

Meuse schüttelte den Kopf. »Dafür übernehme ich keine Verantwortung.«

Koch überlegte kurz, zückte ihr Telefon und rief Schneider an.

»Schick ihn nach Hause. Auf meine Verantwortung.«

*

Waldinger war auf freiem Fuß. Er saß bei seiner Tochter Kathrin im Auto und schüttelte unaufhörlich den Kopf. Sie hatte ihn vom Gendarmerieposten abgeholt, und er hatte sie gebeten, direkt bei Fridel vorbeizufahren.

»Ich hätte Helga zwingen müssen, daheim zu bleiben. Ich hätte sie niemals gehen lassen dürfen. Ich hätte auf mein Bauchgefühl hören sollen.«

»Du kannst nichts dafür, Papa. Mama ist alt genug. Aber du hättest mir Bescheid geben müssen. Und jetzt hör auf mit dem Gejammer. Du bist Kripobeamter, und jetzt nimmst du diesen aalglatten Fridel mal so richtig auseinander. Ich hab dich noch nie bei einer Befragung erlebt. Zeig mir, was du draufhast, und dann wissen wir mehr. Dann können wir weitersehen. Wir werden die Mama schon finden. Du bist ja auch wieder aufgetaucht.«

Waldinger bewunderte Kathrins klare Ansage. Aber sie hatte recht. Gejammer hatte noch nie jemandem geholfen. Wenn er Helga finden wollte, musste er den Kopf frei machen und sich konzentrieren. Da vorne sah er bereits Fridels Elternhaus. Er atmete tief durch. Er würde Helga finden.

Auf Waldingers Klingeln hin öffnete Fridel die Haustür. »Ja, servus, Reinhold. Ich hoff, die Helga ist wieder daheim?«

Waldinger schüttelte den Kopf. »Nein, deshalb bin ich hier. Was ist an dem verdammten Scheißkörbersee passiert, und wer hatte bitte schön die verrückte Idee, bei dem Schneesturm da hochzugehen? Und wem die Verantwortung für fünfzehn Erwachsene zu viel ist, der sollte seinen Arsch am besten auf dem Kanapee lassen und in Zukunft keinen einzigen verdammten Ausflug mehr organisieren, wenn er nicht imstande ist, bis fünfzehn zu zählen und alle wieder mit heimzubringen.«

Fridel verschränkte die Arme vor der schmalen Brust. »So musst du mir nicht kommen. Deine Frau ist alt genug, um selber auf sich aufzupassen. Ich habe keine Unterschrift dazu abgegeben, dass ich die Verantwortung übernehme. Ich hab immer gedacht, bei euch passt alles, aber seit Samstag frag ich mich, wie es die Helga überhaupt all die Jahre mit so einem eifersüchtigen Versager ausgehalten hat. Ist ja kein Wunder, dass sie keinen Bock hatte, wieder heimzu…«

Der Rest des Satzes blieb Fridel im Mund stecken. Waldinger hatte seine Faust gehoben und erst im letzten Moment innegehalten. Kathrins Stimme überschlug sich fast. »Neeee, Papaaa!«

Waldinger drehte sich langsam zu ihr um. »Keine Sorge, Kathrin, ich mach mir meine Hände nicht schmutzig, auch wenn ich dem Arschloch am liebsten für immer die Goschn stopfen würde.«

Kathrin nahm ihn am Arm und zog ihn zurück Richtung Auto. Fridel hatte die Sprache wiedergefunden und rief: »Schlägst du sie? Hoffentlich hat sie dich angezeigt. Ich werde für Helga aussagen, ich hab ja gesehen, wie schnell du …«

Waldinger schüttelte Kathrins Hand ab und lief zurück zur Haustür.

Im letzten Moment drehte Fridel den Schlüssel im Schloss.

Waldinger polterte mit den Fäusten gegen die verschlossene Tür.

»Feiger Wichser. Wir sehen uns wieder.«

*

Jenny und Joe lagen bereits gegen neun Uhr unter der Bettdecke. Jenny streichelte seine Wange und flüsterte: »Nicht weinen, Joe. Deine Mama ist friedlich gegangen, schmerzlos. Es war ein Herzinfarkt. Wir wissen das. Die Leute von der Kripo und die ganze Durchsucherei und alles, das muss ein Irrtum sein. Joe, das war kein Mord. Niemals. Ingrid ist friedlich auf ihre letzte Reise gegangen.«

Er schniefte und wischte sich die Tränen mit einem Zipfel der Bettdecke fort. »Und wenn doch jemand nachgeholfen hat?«

»Ja, wer denn? Es war doch gestern nur die Familie im Hotel.«

»Eben.«

»Was eben?«

»Wenn es in meiner Familie einen Mörder gibt?«

»Joe, du siehst zu viel Tatort. In unserer Familie ein Mörder? Hör mal, wie unrealistisch und lachhaft sich das anhört. Ein Mörder in unserer Familie. Nein, niemals.«

»Wer ist denn ›unsere‹ Familie, Jenny? Deine oder meine?«

»Wie meinst du das?«

»Wieso ist Linus verschwunden?«, fragte Joe ganz heiser.

Jenny setzte sich auf und starrte auf Joe hinunter. »Sag, bist du noch ganz bei Trost? Eigentlich solltest du mich trösten. Deine alte Mutter ist tot, aber mein Zwillingsbruder ist verschwunden, und ich weiß nicht, was los ist. Diese Ungewissheit macht mich fertig, und eigentlich sollte ich bei Opa sein, aber ich wollte dich nicht allein lassen und bin bei dir geblieben, statt Linus zu suchen und Opa beizustehen, und dann und dann … und dann verdächtigst du meinen Bruder, du elender Nichtsnutz?! Was hatte Linus denn mit Ingrid zu tun? Nichts, überhaupt nichts. Wieso sollte er sie umbringen? Ja, sag, bist du denn noch ganz bei Trost? Ich muss weg. Weg von dir und den ganzen Verrückten hier, sonst bin ich die Nächste, die auf dem Friedhof landet. Nein, mir würde man vermutlich sogar den Friedhof verbieten und mich bei meiner Mama und meiner Oma hinter der Friedhofsmauer verscharren. Nur, weil ich nicht aus einer so angesehenen Familie stamme wie du. So nicht, Joe. Nicht mit mir.«

Sie zerrte verschiedene Kleidungsstücke aus dem Schrank und zog sich in Windeseile an. Joe stand auf und versuchte, sie davon abzuhalten. Sie schlug um sich und schrie: »Lass deine Finger von mir. Wenn mein Bruder ein Mörder ist, willst du doch nichts mehr mit mir zu tun haben. Und ich nicht mit dir. Lass mich los!«

Joes Bruder riss die Tür zum Schlafzimmer auf. Jenny und Joe traten erschrocken einen Schritt zurück und starrten ihn erstaunt an.

»Menschenskind«, brummte Georg. »Bringt ihr euch jetzt noch gegenseitig um?« Er lächelte schief. »Wir möchten heute einmal einfach nur in Ruhe schlafen.«

»In Ruhe schlafen?« Jenny fasste sich als Erste. »Ist euch eigentlich klar, dass hier im Haus ein Mörder unter uns ist?«

Georg schnaubte verächtlich. »Glaub doch nicht jeden Quatsch. Morgen wird Mama untersucht, und ruckzuck wird man feststellen, dass es einfach ein Herzinfarkt war. Ihr glaubt doch nicht wirklich an die Theorien der Kripo?«

Joe setzte sich aufs Bett. Jenny zuckte mit den Schultern.

Die Luft war raus. Vermutlich sollten sie wirklich alle in Ruhe darüber schlafen. Und hatte sie ihrem Kind nicht versprochen, stark zu sein? Sie setzte sich neben Joe und murmelte: »Du hast recht, Georg, gute Nacht!«

Der schloss vorsichtig die Tür hinter sich. Joe nahm sie in den Arm und murmelte: »Es tut mir leid, Schatz. Ich hoffe, dass Linus wohlauf ist. Und morgen gehen wir gemeinsam zu deinem Opa und bleiben dort, bis alles geklärt ist.«

Ungläubig schaute Jenny ihn an.

»Wenn Georg schon mal da ist, kann er sich um den ganzen Kram hier oben kümmern. Wir müssen Linus suchen.«

*

Kathrin fuhr Waldinger zu ihrem älteren Bruder Martin. Sie klingelte, und Martin öffnete ihr mit einem riesigen Kelch Rotwein in der Hand.

»Kathrin, Papa?«, wunderte Martin sich.

»Was gibt's zu feiern?«, fragte Kathrin schnippisch und ging an Martin vorbei ins Haus.

»Wo ist Finn?«, fragte Martin.

»Ich hab eine gute Babysitterin. Der schläft schon lange.«

Annika stand erschrocken von der weißen Couch auf, als Kathrin, Waldinger und Martin ins Wohnzimmer traten. Aus der alten Stereoanlage tönte Bruce Springsteen, aber Martin beeilte sich, die Musik auszuschalten, und bot ihnen Platz auf der Sitzgarnitur an.

»Es ist gleich zehn«, murmelte er.

Waldinger hatte bisher noch keinen Ton gesagt, doch jetzt brummte er: »Hast du für mich auch ein Glas?«

Martin nickte und sprang wieder auf. »Ein normales Glas tut es auch«, rief Waldinger ihm nach, als Martin in die Küche ging.

Annika fragte vorsichtig: »Habt ihr gute Nachrichten?«

Kathrin sagte theatralisch. »Mama ist in Eis und Schnee verschollen, und ihr macht euch einen romantischen Abend.«

Annika sagte nichts dazu, dafür kam Martin mit zwei Gläsern Wein zurück. »Wir haben uns den Kopf zerbrochen, wo Mama sein könnte, aber uns ist einfach nichts eingefallen. Wir konnten nur vieles ausschließen.«

»Was denn?«, fragte Kathrin.

»Ja, wir denken … also normalerweise hätte sie sich auf jeden Fall abgemeldet, wenn sie etwas vorgehabt hätte, aber …«

»Aber?«, fragte Waldinger.

»Na ja, wir wissen ja nicht, was daheim so läuft. Ich bin schon zu lange ausgezogen, aber in den letzten Wochen wirkte Mama manchmal schon ein wenig genervt, also …«

»Genervt, wegen was denn genervt?«, fragte Kathrin laut.

»Ja, Papa, nichts gegen dich, aber du wirst auch nicht jünger, manchmal brauchst du ein wenig länger, bis du was kapierst, und Mama rollt dann schon mal die Augen und …«

»Und? Ihr denkt, sie hat genug von mir? Ich bin ihr zu alt? Ich bin kaum über fünfzig!« Er wurde immer lauter, stand auf und kippte versehentlich den Wein über den hellen Teppich. Annika schrie kurz auf und eilte in die Küche. Waldinger trat auf den Rotweinfleck und deutete mit dem Zeigefinger auf den sitzenden Martin hinunter.

»Ihr gebt mir die Schuld? Das ist euch eingefallen bei eurem verdammten Glas Rotwein? Du kotzt mich an. Kathrin, komm, das Kasperletheater spielen wir nicht mit. Dann suchen wir Helga eben allein.«

Er zeigte Martin den Vogel und polterte durch den Flur. Zornig schrie er zurück: »Deine Schwiegereltern müssen dich mit irgendeinem Scheiß angesteckt haben. Früher warst du ein Kerl, mit dem man was anfangen konnte. Du enttäuschst mich. Schlürf deinen Wein und philosophiere weiter, Scheißangeber.«

»Opa?«, klang eine dünne Kinderstimme vom oberen Stockwerk herab. »Mag die Oma nicht mehr zu dir zurückkommen?«

Wutentbrannt schmiss Waldinger die Tür hinter sich zu, dass eine kleine Schneelawine vom Vordach rutschte und ihn von oben bis unten mit Schnee überschüttete.

## Dienstag, 13. Dezember

Waldingers Nacht war unruhig verlaufen. Jedes Geräusch, jeder vom Dach gefallene Schneehaufen, jedes durchs Dorf fahrende Auto hatten erneut die Hoffnung geweckt, Helga würde jeden Moment durch die Tür treten. Immer wieder war er aufgestanden, hatte kontrolliert, ob das Telefon funktionierte und das Handy aufgeladen war. Doch seine Frau hatte nicht versucht, sich zu melden. Er hatte gebetet, um Hilfe gefleht und war in Gedanken jedes Wort durchgegangen, das er in den letzten Wochen mit Helga gesprochen hatte. Gab es irgendwelche Andeutungen, Zweifel, etwas jenseits des Alltags, dem er mehr Aufmerksamkeit hätte schenken müssen? Er kam auf keinen grünen Zweig. In seinem Inneren wurde es immer kälter. So musste sich ein hintergangener Ehemann fühlen. Alle wissen, was vor sich geht, nur der eigene Mann nicht. Außer ihm und Kathrin schien sich niemand Sorgen zu machen. Was wussten die anderen, was er nicht wusste?

Das Telefon riss ihn aus seinen Überlegungen. Das Festnetz klingelte. Er riss den Hörer an sich. »Ja?«

»Morgen, Nolde. Hier ist Martha.«

Sein Kiefer klappte enttäuscht nach unten. Er nahm den Hörer mit in die Küche.

»Morgen, Martha!«

»Äh, entschuldige, dass ich so früh anrufe. Aber, gibt es was Neues von Helga?«

»Nein.«

»Oh nee, ich hab so ein schlechtes Gewissen, ich konnte die ganze Nacht nicht schlafen. Ich hätte merken müssen, dass sie fehlt. Ich hab mir den Kopf zerbrochen, Nolde, aber ich kann dir nichts sagen. Es war nichts Auffälliges, verstehst du? Alles war so wie immer auf unseren Ausflügen. Trotzdem hätte uns Helgas Fehlen auffallen müssen. Es tut mir so leid. Wie kann ich dir helfen?«

Tränen traten in Waldingers Augen. »Martha, denk fest an sie. Und wenn dir irgendwas einfällt, meld dich bitte wieder.«

Waldinger drückte das Gespräch weg. Er stand müde auf und machte sich einen Tee.

Er überlegte, wie er handeln würde, wenn er im Dienst wäre. Eine fremde Person wäre verschwunden. Er würde die Leute befragen. Mit einem Foto von Haus zu Haus gehen. Die Medien einschalten. Er musste seiner Kollegin ein Foto von Helga schicken. Koch musste ihm helfen. Dieser Mord, der vermutlich keiner war, musste sich hinten anstellen. Seine Frau hatte Priorität. Es ging jetzt darum, Leben zu retten.

Und er brauchte ein Foto von Linus. Vielleicht waren sie wirklich zu zweit unterwegs. Jenny würde eines haben. Er atmete tief durch. Endlich lichtete sich der Nebel um seinen Kopf ein wenig. Er musste endlich die Initiative ergreifen, und zwar keine stümperhaften Alleingänge mehr, sondern gezielt und mit professioneller Hilfe. Als Erstes brauchte er ein Foto. Und dann würde er nach Schröcken fahren.

*

Früh am nächsten Morgen standen Jenny und Joe warm angezogen im Freien und winkten dem Hubschrauber hinterher, der mit seinem Krach der schönen Winterlandschaft jede Beschaulichkeit nahm. Nachdem der Punkt am Himmel ganz verschwunden war, startete Joe den Skidoo, Jenny schmiegte sich eng an ihn, und sie gaben Gas Richtung Tal. Alois schaute ihnen benommen hinterher. Georg hatte versprochen, die Tagesgäste fernzuhalten und die Verwandten und Gäste zu informieren. Telefon und Internet klappten, die Sonne würde den Tag bestrahlen, und alles würde seinen Gang gehen. Nur ohne Ingrid.

Es war neun Uhr, als Opa die Tür öffnete. »Servus, Jenny, ja, grüß dich, Josef. Kommt rein!«

Sie zogen die Jacken aus und nahmen in der kleinen überheizten Stube Platz. Opa nahm das heiße Wasser vom Holzherd und filterte damit einen starken Kaffee. »Falls es stimmt, was man im Dorf so hört, könnt ihr den brauchen.«

Seine Hand zitterte stark, und Jenny lief hin, um ihm den heißen Wassertopf aus der Hand zu nehmen.

»Du siehst blass aus«, sagte sie mitfühlend. »Hast du nichts von Linus gehört?«

Opa setzte sich und wackelte mit dem Kopf. »Ich hab langsam ein mulmiges Gefühl, Kind. Das Pendel sagt, er ist wohlauf, aber vielleicht ist es nur meine Hoffnung, die es in die richtige Richtung ausschlagen lässt.«

Joe hustete. Er verschluckte sich fast an der eigenen Spucke. Der Alte wurde immer wunderlicher. Jenny stellte drei Tassen auf den Tisch und eine alte goldumrandete Zuckerschüssel. Für Opa legte sie einen kleinen silbernen Löffel dazu.

»Joe und ich werden das ganze Tal nach ihm absuchen. Er muss in Schwierigkeiten stecken, sonst hätte er sich längst gemeldet. Wir werden ihm helfen.«

Sie schenkte den heißen Kaffee ein und setzte sich. »Wenn du uns eine Richtung geben könntest, Opa. Irgendeinen Anhaltspunkt.«

Opa löffelte drei Löffel voll Zucker in den Kaffee und rührte um. Dabei murmelte er: »Wie ist Ingrid gestorben?«

Bevor Jenny etwas sagen konnte, antwortete Joe: »Sie hatte einen Herzinfarkt. Du weißt ja, dass sie sich ihr Leben lang keine Pause gegönnt hat. Immer nur Arbeit und noch mehr Arbeit. Das hat ihr Herz nicht mehr mitgemacht.«

Opa nickte und schlürfte einen kleinen Schluck.

»Macht es besser!«, sagte er eindringlich. »Und ich hab leider keinen Anhaltspunkt für euch. Das Pendel dreht sich im Kreis, wenn ich nach einer Richtung frag. Es kann sich nicht für abwärts oder aufwärts entscheiden. Das ist es, was mir die Geschichte so mulmig macht.«

»Wir werden im Dorf fragen, wann er zuletzt gesehen wurde.«

»Ach, Kind, das weiß jeder schon. Am Samstagabend um halb neun hat er beim Laden geklingelt und eingekauft. Danach hat ihn niemand mehr gesehen.«

»Um halb neun? Es war schon fast acht, als er die Ausflügler bei uns abgeholt hat. Er muss sofort ins Auto gestiegen sein.«

»Und weil sein Auto beim Kiosk-Parkplatz steht, vermuten alle, dass er umgestiegen ist und mit einer Frau weitergefahren ist.«

»Warum mit einer Frau?«

»Er hat die Vroni gefragt, was er kaufen könnte, um sich bei einer älteren Frau zu entschuldigen.«

»An dem Abend war die Straße nach Lech schon gesperrt«, warf Joe ein. »Wenn er vom Laden aufwärts gefahren ist, können sie nur Richtung Tiroler Lechtal unterwegs gewesen sein. Aber was um Himmels willen wollte er dort? Jetzt? In seinem Job könnte er jeden Tag fünfzehn Überstunden machen. Das nützt er sonst doch immer voll aus. Also, die Frau möchte ich kennenlernen, die das geschafft hat.«

Jenny stupfte ihn mit dem Fuß unter dem Tisch.

»Dann suchen wir eben Richtung Warth und Lechtal. Als Erstes zumindest. Ich such noch nach einem aktuellen Foto auf seiner Kamera oder auf dem PC.«

»Ich bin zu alt«, stöhnte Opa und nahm einen weiteren Schluck. »Ich kann euch nur Glück wünschen und danke, dass ihr gekommen seid. Vermutlich hättet ihr genug anderes zu tun.«

*

Koch war die Erste, die die Ergebnisse der Untersuchung auf den Tisch bekam. Sie las den Bericht durch, schüttelte den Kopf und nagte an ihrem Daumennagel. Dann faltete sie das Papier, nahm es mit und machte sich auf die Suche nach Meuse. Der saß an seinem Schreibtisch, kaute Kaugummi und klickte schnell auf die Startseite von Google. »Servus. Gibt's schon was Neues?«

Koch legte ihm die Papiere auf den Schreibtisch und nickte.

»Was ist das?«

»Sie waren schnell. Und der Arzt hatte recht. Die Wirtin vom Körbersee wurde allem Anschein nach wirklich vergiftet.«

»Nein! Von Nolde?«

Koch rollte genervt mit den Augen. »Seit wann steht in den Berichten, von wem das Gift verabreicht wurde?«

»Ich weiß nicht. Ich hatte noch keinen Mord durch Vergiftung auf meinem Tisch. Du etwa schon?«

»Nein, aber von dem Wirkstoff Digitalis hab ich bereits gehört. Der stammt vom Fingerhut und wird oft bei Herzbeschwerden verabreicht, nur in einer viel geringeren Dosis. Wir müssen nach Schröcken. Ich möchte mich mit dem Arzt unterhalten.«

»Ruf ihn an.«

»Nein. Ich glaube, 99 von 100 Hausärzten hätten Herzstillstand auf den Totenschein geschrieben und dem Ehemann geholfen, die Beerdigung zu organisieren. Ich möchte wissen, wieso er uns gleich informiert hat. Kommst du mit?«

»Willst du nicht lieber Waldinger mitnehmen?«

*

Jenny und Joe starteten mit ihrer Suche bei Linus' Auto. Der Parkplatz beim Kiosk war geräumt, die Sonne brachte die Welt zum Leuchten, und der Verkehr rollte bergwärts. Die Bergbahnen waren in Betrieb, die Pisten präpariert, und alle begeisterten Schifahrer, die schon vor Weihnachten freihatten, waren auf dem Weg ins Schigebiet. Der Alltag hatte in Schröcken Einzug gehalten. Georg würde am Körbersee alle Hände voll zu tun haben, um die Schifahrer abzuwimmeln, die sich schon auf den berühmten Topfenstrudel freuten. Joe parkte neben Linus' Wagen, und beide stiegen aus. Sie wollten zu Fuß weitergehen. Auf der Nesslegg standen mehrere Häuser, dort wollten sie sich durchklingeln und dann immer weiter Richtung Lechtal. Irgendjemand würde ihnen weiterhelfen können, davon war Jenny überzeugt.

Natürlich hatten die Menschen auf der Nesslegg bereits von Linus' Verschwinden gehört. Sie bemühten sich redlich, doch konkrete Angaben zu seinem Verbleib konnte niemand machen. Das Foto brauchten sie hier nicht. Die Einheimischen kannten Linus. Auch die neue Bedienung im Holzschopf. Sie war zwar erst seit wenigen Tagen im Dienst, doch sie überlegte nur kurz. »Ist Linus nicht der Kumpel von Berndt?«

»Ja!« Jenny nickte heftig. »Die zwei stecken den ganzen Sommer zusammen. Linus ist immer als Führer bei den Canyoning-Touren und dem allem dabei. Hast du ihn schon kennengelernt?«

»Dann hab ich ihn schon einmal gesehen. Er sieht gut aus.« Sie lächelte plötzlich verlegen und steckte die Hände unter die Dirndlschürze. »Er war am Freitagabend kurz hier. Er wollte mit Berndt noch die Höhle dichtmachen, aber Berndt war nicht da.«

»Die Höhle dichtmachen?«, fragte Joe ratlos.

»Keine Ahnung, was er meinte, aber er wollte am Samstag noch mal vorbeikommen. Kam er aber nicht. Aber das Schneechaos hat ja jedem die Pläne über den Haufen geworfen.«

»Wo ist Berndt? Vielleicht weiß er etwas?«, fragte Jenny.

»Der ist im Winter als Schiführer in Lech. Meistens

kommt er am Abend hierher, aber bei dem Schnee natürlich nicht. Ich hab ihn seit Freitag nicht mehr gesehen.«

»Telefoniert?«

»Nee, auch nicht. Der Senior hat mich hier eingelernt, und viel ist ja noch nicht los.«

»Wo ist der Senior jetzt?«

»Auf der Piste.«

»Hast du die Nummer von Berndt?«

»Ja, natürlich.« Sie nahm ihr Handy von der Theke und las sie laut vor. Jenny tippte die Nummer ein und wartete. Nervös wippte sie mit dem linken Bein. Endlich etwas, das sie weiterbringen konnte. Doch nur die Mobilbox sprang an.

»Danke«, sagte sie zur Bedienung und zog Joe mit vors Haus. Aufgeregt redete sie auf ihn ein. »Endlich eine Spur. Wir müssen dringend mit Berndt reden. Er weiß vielleicht, was Linus geplant hatte. Die zwei sind immer zusammen unterwegs, der weiß bestimmt etwas. Ich muss ihn erreichen. Sonst gehen wir heim, schnallen die Skier an und fahren nach Lech hinüber. Wir müssen ihn dort finden. Ach, Joe, ich bin so froh, endlich ein Lichtblick.«

»Schatz, versprich dir bitte nicht zu viel davon, du weißt …«

»Joe, ich spüre es, Berndt kann uns weiterhelfen.«

Sie tippte die Rufnummernwiederholung, wartete und sprach dann auf die Mobilbox. »Servus, Berndt. Hier ist Jenny, die Schwester von Linus. Es ist dringend, bitte ruf mich so schnell wie möglich zurück!«

*

Koch und Meuse saßen im Ordinationszimmer des Arztes in Schröcken. Der Doktor lehnte entspannt am Fensterbrett und schaute hinauf zum weißen Gipfel der Braunarlspitze. »Wir sind eine der höchstgelegenen Gemeinden in Österreich. Oft genug abgeschnitten vom Rest der Welt. Wer hier krank ist, setzt sich nicht ins Auto und fährt anderthalb Stunden bis zum nächsten Krankenhaus. Hier kommt jeder zu mir. Oder eben zum Wurzelsepp. Und deshalb kenn ich meine Patienten.«

»War Ingrid deine Patientin? Oder griff sie zu den Medizinchen vom Sepp?«

»Beides. So wie die meisten. Das kommt immer auf die Art der Erkrankung oder des Gebrechens an. Wenn ihnen meine Predigten zur gesunden Ernährung, zu genügend Bewegung oder zur Zigarettensucht auf den Wecker gehen, gehen sie zum Sepp. Wenn ihre Beschwerden doch nicht besser werden, kommen sie wieder zu mir. So war auch die Ingrid. Ich habe ihr keine Beruhigungsmittel mehr verschrieben. Sie sollte ihre Sorgen lösen, einen Teil der Aufgaben abgeben, aber das konnte sie nicht. Und weil sie ohne Beruhigungsmittel nicht mehr konnte, hatte sie sich die vom Sepp kommen lassen. Vermutlich hat Jenny dafür gesorgt, dass die Mittel ihr nicht ausgehen. Ich könnte mir vorstellen, dass eine Ingrid ohne Baldrian für alle Beteiligten nur schwer zu ertragen gewesen ist.«

»Wie war sie denn?«

»Anstrengend. Vor den Gästen immer fröhlich, gesellig und gut aufgelegt. Da musste man schon genauer hinsehen, um Unstimmigkeiten zu bemerken. Doch hinter der Wirtshaustür extrem fordernd. Alles hatte nach ihrem Willen zu passieren. Der Alois hat sich schon vor Jahrzehnten in sein Schicksal gefügt. Alles geschluckt. Tag für Tag. Ohne Schmerzmittel kommt er nicht mehr durch den Tag. Aber es ist die Psyche, die diese körperlichen Schmerzen verursacht. Wer immer alles schluckt, tut dem Körper nichts Gutes. Irgendwo wird der Schmerz seinen Ausdruck finden.«

»Und was geben Sie ihm gegen diesen Schmerz?«

»Das fällt unter meine Schweigepflicht. Schließlich geht es heute um Ingrid, und ich vermute, dass dem Sepp ein kleiner Fehler unterlaufen ist. Denn alle Symptome deuten auf eine Vergiftung, eine Vergiftung mit Fingerhut. Nehmt euch die Medizinfläschchen vom Sepp vor. Dort werdet ihr fündig werden.«

Koch und Meuse verabschiedeten sich und setzten sich ins Auto.

»Will der Doktor uns auf eine falsche Fährte locken?«, fragte Meuse.

»Möglich, aber er wirkt irgendwie sehr sympathisch und ehrlich.«

»Was hätte der Alte davon, wenn er die Wirtin vergiftet?«, fragte Meuse.

»Dann wäre vermutlich seine Enkelin die Chefin eines gutgehenden Gasthauses und hätte etliche Sorgen weniger.«

»Und wenn der Doktor die Konkurrenz hinter Gitter bringt, könnte er mehr Medikamente verkaufen. Hast du die Apotheke gesehen? Die kleinen Ärzte am Land leben doch vom Medikamentenverkauf. Wenn da eine wie die Ingrid fremdgeht, an einen Spezi, der noch nicht mal Steuern zahlt …«

»Warten wir auf die Auswertung vom Labor, oder fahren

wir gleich zum Sepp?«

»Na, da wir schon hier sind …«

*

Joe parkte sein Auto neben der meterhohen Schneemauer zwischen Parkplatz und Straße. Jenny wollte kurz ins Haus, um dem Opa Bescheid zu geben. Da parkte ein Wagen direkt hinter ihnen. Waldinger stieg aus.

»Das trifft sich ja gut, Jenny«, sagte Waldinger. »Ich brauch ein Foto von Linus.«

»Nicht nötig«, sagte sie. »Wir haben bereits eine heiße Spur.« Aus den Augenwinkeln nahm Waldinger Joes bedauerndes Kopfschütteln wahr. Während Jenny die Haustür öffnete, klärte er Waldinger über ihr Vorhaben auf, in Lech nach Berndt zu suchen, in der Hoffnung, dass er eine Ahnung haben könnte. Jenny trat eben wieder aus dem Haus, als ein weiteres Auto hinter ihnen parkte. Ein Mann in einer knallgelben Daunenjacke stieg auf der Beifahrerseite aus. Joes Wagen war eingeklemmt.

»Das trifft sich ja gut«, sagte Meuse. »Alle Verdächtigen an einem Ort versammelt.«

Jenny schaute ihn perplex an.

Koch trat vor. »Das ist jetzt wirklich ein Zufall, Reinhold. Zu dir wollten wir nämlich auch noch.«

Waldinger schaute nervös zwischen seinen beiden Kollegen hin und her. Scherzten sie? Er wusste es nicht. »Ich hab Urlaub«, sagte er etwas zusammenhanglos.

»Vielleicht für immer.« Meuse schien seine Überlegenheit auszukosten. Waldinger wurde rot. Er war sich nicht sicher, wie Meuse das meinte. Er wusste nur, dass er jetzt weitersuchen wollte und Meuse ihm dabei vermutlich keine Hilfe sein würde.

»Der Sepp ist oben.« Waldinger deutete ins Haus.

»Was wollt ihr von Opa?«, fragte Jenny.

»Wir müssen mit allen sprechen«, beruhigte Koch sie.

»Opa hatte mit Ingrid nichts zu tun. Er hat sie seit Wochen nicht mehr gesehen.«

»Das kann er uns sicher selber erklären, oder ist er dement oder so was?«, warf Meuse ein.

Jenny brach in Tränen aus. Joe nahm sie schnell in den Arm und zog sie von den Kriminalisten fort. »Ärgere dich nicht«, flüsterte er. »Opa kann auf sich selber aufpassen. Wir kümmern uns um Linus.«

Waldinger verfolgte aus den Augenwinkeln, wie Jenny und Joe zur Talstation der Transportgondel strebten. Er wollte ihnen hinterher. Er wollte mit nach Lech. Doch Meuse ließ nicht locker.

»Was hast du dir dabei gedacht?«

Waldinger zuckte nur mit den Schultern.

»Du brauchst psychologische Betreuung. Zeit, dass du unseren Psychologen in Anspruch nimmst. Dazu ist er da.«

»Ich brauch Helga und sonst niemanden, und wenn ihr sie nicht suchen wollt, such ich sie eben alleine.«

Er spurtete los. Rüber zum Gondelhäuschen. Er schaute nur einmal kurz zurück. Koch hielt ihren Kollegen am Ärmel fest. Wenigstens eine, die noch zu ihm hielt. Der Dieselmotor brummte. Jenny und Joe saßen in der Gondel, und Waldinger sprang mit einem langen Satz dazu. Dann schwebten sie los. Bergwärts, ins Weiße hinauf. Langsam wurde das Geräusch des Dieselmotors immer leiser. Die Stille umfing sie. Waldinger hörte nur seinen eigenen Herzschlag. Seine Schläfen pochten. Nie mehr würde er mit Meuse zusammenarbeiten. Nein, so ein arroganter Hund. Jetzt in der Not zeigte sich, wer die wirklichen Kollegen waren. Er würde alle davon überzeugen, Meuse in die Verkehrsabteilung zu versetzen. Dort hatten diese arroganten Typen meist ziemlich viel Erfolg. Das musste man ihnen lassen. Aber Kriminaler hatten oft mit Menschen in Krisensituationen zu tun. Und da war vor allem Einfühlungsvermögen gefragt. Und das war Meuse in den letzten Tagen völlig abhandengekommen.

Auf die Wut folgte das Erschrecken. Die offene Gondel hing über hundert Meter hoch in der Luft. Waldinger musste für einen Moment die Augen schließen und tief einatmen. Vorsichtig blinzelte er zu Jenny und Joe. Jenny knabberte an ihren Fingernägeln, und auch Joe hatte ein blasses Gesicht bekommen.

»Fahrt ihr öfter mit der Gondel?«, fragte Waldinger.

Beide schüttelten vehement den Kopf.

»Das ist nur die letzte Notlösung für Momente wie diese.«

Mit wackligen Knien stieg Waldinger oben angekommen aus. Er lehnte sich an die Hauswand. Gott sei Dank war dieses Abenteuer gut gegangen.

*

Mit den Skiern an den Füßen fühlten sich alle drei sicherer. Waldinger kam sich in Alois' Ausrüstung zwar seltsam verkleidet vor, doch nach den ersten Schwüngen auf den ungewohnten Skiern kam so etwas wie Freude auf. Als sie endlich auf dem Salober Sattel angekommen waren, strahlte er beinahe. Die Piste war relativ weich, aber ansonsten war es ein Schitag wie aus dem Bilderbuch. Kaum Gäste, unbefahrene weiß glitzernde Hänge, soweit das Auge reichte. Der Himmel strahlend blau, und die frische Luft blies alle trüben Gedanken aus dem Kopf.

Voller Elan nahm Waldinger die Abfahrt Richtung Auenfeld zur Verbindungsbahn auf sich. Er wurde leicht, sein Herz klopfte fröhlich, ein Singen lag ihm auf den Lippen, und er freute sich einfach des Lebens. Helga würde schon wieder auftauchen. Hoffnung kam auf. Vielleicht hatte sie einfach wirklich eine kleine Pause von ihm gebraucht. Und wenn Linus im richtigen Moment mit den richtigen Worten … Das würde man alles richten können. Schließlich stand ihre Ehe auf einer soliden Basis. Vielleicht eine Art Midlife-Crisis mit fünfzig. Das soll es immer wieder geben. Aber davon würde seine Familie sich nicht unterkriegen lassen. Schon bald würde sich alles in Wohlgefallen auflösen. Er hatte ein gutes Gefühl, als er seine Schi abschnallte und zu Jenny und Joe in die Gondelbahn stieg, die sie nach Lech bringen würde.

Der Wind hatte auch Jennys trübe Gedanken weggeblasen. Hoffnungsvoll schaute sie aus dem geschlossenen Fenster: »Vielleicht hat er sich bei Berndt ein paar Schneeschuhe geholt und ist ebenfalls nach Lech. Linus überlegt jedes Jahr, auch den Schneesportführer zu machen. Dann könnt er mit seinem Kumpel gemeinsam arbeiten, und verdienen würd er auch besser als Walzenfahrer und mehr Kontakt zu heißen Hasen hätte er auch, meint er immer. Wir fahren am besten zur Schischulanmeldestelle. Die werden uns sagen können, wo Berndt ist, und dann wissen wir bald mehr.«

Joe nickte bestätigend. Es schien Waldinger, als wollte er ihr die Zuversicht nicht zu früh nehmen. Dann blieben sie still und schauten andächtig auf die riesigen weißen Schneeflächen unter ihnen. Nicht mal die Fährte eines Rehs oder Hasen führte durch die unberührte Landschaft. Ein seltenes Bild.

*

Das Holzblockhaus der Schischule Oberlech hatte den Schneemassen getrotzt. Mit sehr viel Muskelkraft der Schilehrer war es aus den Massen herausgeschaufelt worden. Rund um die Hütte war ein Großteil des Schnees beiseite geschafft worden, ansonsten würde man kaum mehr durch die Fenster sehen können. Die Schilehrer waren unterwegs, doch am PC saß eine dunkelhaarige Schönheit und schaute fragend auf, als Waldinger vor das geöffnete Fenster trat.

»Grüß Gott, wir sind auf der Suche nach Berndt vom Holzschopf. Weißt du zufällig, wo er heute unterwegs ist?«

»Moment.« Sie tippte zügig auf ihrer Tastatur und schaute dann wieder auf. »Für Schitouren und Schirouten ist die Lawinengefahr zu hoch. Wir bieten heute nur Kurse auf den präparierten Pisten. Das macht Berndt nur in Ausnahmefällen. Er hat sich heute freigenommen.«

»Wir erreichen ihn nicht auf seinem Handy.«

Die Frau lachte: »Das glaub ich. Er hat kein Ladekabel dabei und war wegen der Lawinengefahr seit Tagen nicht zu Hause. Ich hab ihm schon mit frischer Wäsche von meinem Bruder ausgeholfen. Allerdings wird er heute sicher wieder heimfahren. Die Verbindung ist wieder offen, zumindest die auf dem Schiweg.«

»Du scheinst ihn gut zu kennen? Hast du eine Ahnung, wo er heute sein könnte?«

»Ich würde es mal auf der Rud-Alpe versuchen. Seine aktuelle Flamme arbeite dort im Service.«

*

Endlich hatten sie ihn entdeckt. Er saß tatsächlich an der Hausbar, vor sich ein großes Hefeweizen. Jenny schaute sich schnell um, doch außer Berndt kam ihr keiner der wenigen Gäste bekannt vor. So schnell die klobigen Schischuhe es zuließen, stürmte sie auf den Kumpel von ihrem Bruder zu.

»Berndt, Berndt. Weißt du, wo Linus ist?«

Rote Schihose, schwarze dünne Weste über einem weißen T-Shirt, braun gebrannt. Waldinger räusperte sich.

»Linus? Du suchst Linus?« Berndt zog die Augenbrauen hoch.

»Weißt du, wo er ist?«, fragte Jenny aufgeregt.

Er schüttelte den Kopf und zuckte mit den Schultern. »Vermutlich am Walzenfahren.«

Jenny sackte zusammen. Joe trat neben sie, grüßte Berndt und erklärte: »Deine Bedienung meinte, er wollte mit dir die Höhle dichtmachen. So hat sie es ausgedrückt. Aber wir können uns keinen Reim darauf machen, und er ist seit Samstagabend einfach verschwunden.«

»Verschwunden?«

»Sein Auto steht verlassen beim Kiosk, aber seit Samstag hat ihn niemand mehr gesehen, und langsam machen wir uns Sorgen. Er würde sich die vielen Überstunden nicht einfach so entgehen lassen. Weißt du was von einer Höhle?«

Berndt nickte langsam. »Er meint den alten Stollen, wo wir manchmal mit unseren Touristen drin waren. Wir haben das Schnapslager noch nicht geräumt. Das wollten wir eigentlich machen, bevor es alles zuschneit.«

Jenny wurde plötzlich wieder lebendig. »Du denkst, er ist im alten Stollen? Dem angefangenen Straßentunnel vom Krieg her? Mein Gott, Berndt, wieso sagst du das nicht gleich?«

»Ja, Jenny, er würde nicht tagelang drinnen bleiben. Er wäre reingegangen und zehn Minuten später mit ein paar Flaschen Schnaps wieder rausgekommen. Wir wollten eigentlich noch Saisonabschluss feiern, aber die Zeit rennt einem manchmal einfach davon.«

»Wo ist der Stollen?«, mischte Waldinger sich nun ein.

»Auf halber Höhe zwischen dem Kiosk und meinem Holzschopf auf der Nesslegg.«

»Da, wo die Lawine abgegangen ist?«

»Was für eine Lawine? Im Radio sagten sie von einer unterhalb des Widdersteins«, fragte Berndt erschrocken.

»Hast du hier nichts mitgekriegt? Trotz der Lawinenverbauung ist in der Nähe der Nesslegg eine Lawine ins Tal gedonnert. Na ja, eine relativ kleine, aber trotzdem. Die Bergrettung hat nichts gefunden.«

Joe nickte nachdenklich. »Das wär nicht verwunderlich, wenn er wirklich in genau diesem Moment in der Höhle gewesen wäre. Und dann würde er feststecken.«

»Und was ist mit Helga?«, fragte Waldinger.

*

Joe hatte die Bergrettung informiert. Sie waren mit zehn Mann sofort zu der von Berndt beschriebenen Stelle aufgebrochen.

Die Lawine hatte den Eingang zum Stollen verstopft, aber ob Linus tatsächlich da drin war, war noch immer unsicher. Wieso sollte er am Samstagnacht den Schnaps retten wollen? Schließlich war er den ganzen Tag im Dauereinsatz gewesen, hatte für Jenny noch die Ausflügler ins Tal gebracht und wurde bereits nachts um drei wieder auf dem Pistenbully erwartet. Es war unwahrscheinlich, dass er an diesem Tag in den Stollen gegangen war, und doch war es für Jenny ein Hoffnungsschimmer.

Berndt, Joe, Jenny und Waldinger fuhren mit ihren Schiern zurück nach Schröcken. Beim Holzschopf luden sie Schaufeln in Berndts Wagen und eilten den Bergrettern zur Hilfe.

*

Die Männer schwitzten, als die vier aus Berndts Auto stiegen. Sie lehnten sich an ihre Arbeitsgeräte, und einer fragte: »Macht die Schauflerei Sinn?«

Bernd nickte. »Ihr habt die Stelle gut gefunden. Wir helfen euch. Wir müssen eher ein bisschen mehr nach rechts halten, obwohl, unter dieser Schneedecke ist die Entfernung schwierig abzuschätzen.«

Eifrig schufteten alle weiter. Wortlos, im selben Rhythmus. Waldinger fühlte sich gut. Das gemeinsame Arbeiten machte Sinn, und sie kamen zügig voran. Doch der Schnee lag an dieser Stelle meterhoch. Wenn da wirklich jemand drin ist, brauchen wir Sanitäter, dachte er und zog sein Handy aus der Tasche.

»Hier, Leute, schaut!«

Waldinger legte die Schaufel beiseite und deutete auf ein Loch. Alle traten neugierig neben ihn. »Was ist das?«

»Ein Loch, das muss der Eingang sein.«

Berndt schüttelte den Kopf. »Das ist nicht möglich. Wir sind ja noch gar nicht bis zum Boden gelangt. Aber lass mich mal schauen.«

Berndt ging in die Hocke und versuchte, den Kopf unterhalb seiner Füße in das Schneeloch zu stecken.

»Waah!«, laut aufschreiend stemmte er sich wieder in die Höhe. Alle schauten ihn erschrocken an. »Da ist was, es hat nach mir gegriffen.«

Jenny fröstelte es. Doch sie trat näher und schaute in das Schneeloch hinunter. Tatsächlich, eine blutverschmierte Hand ragte in das Sichtfeld im Loch.

»Iiih«, rief sie und klammerte sich an Joe. »Eine blutige …«

»Psst! Alle mal leise.« Waldinger hielt einen Finger an seine Lippen.

Gebannt lauschten sie und hörten ein Wispern aus der Tiefe des Schnees.

»Hilfe!« Es klang sonderbar dumpf und dunkel.

»Linus!« Jenny beugte sich wieder über das Loch. »Linus, wir haben dich gefunden.« Sie hielt die eiskalte blutige Hand fest. »Linus! Wir holen dich raus. Alles gut bei dir?«

»Endlich«, stöhnte es dumpf. Die Hand verschwand aus dem Loch, und die Männer arbeiteten jetzt ohne ihre Schaufeln weiter, um den Eingang zur Höhle freizulegen. Waldinger stand aufgeregt neben dem Loch und versuchte, etwas zu sehen. »Linus! Ist Helga bei dir?«

Er horchte angestrengt, doch er hörte nur den Schnee.

Aus dem Loch drang kein Ton mehr.

»Helga!!!«

Berndt drehte sich um. »Wir sind gleich durch. Ein Augenblick noch und dann kannst du gerne als Erster rein. Hast du eine Taschenlampe?«

Waldinger schüttelte irritiert den Kopf. »Wieso rein, die werden doch rauswollen?«

»Wollen ja. Aber wer weiß, wie Linus beieinander ist, nach der langen Zeit ohne Essen im Dunkeln.«

Kleinlaut nickte Waldinger. Berndt hatte recht.

»Wo kann ich eine Taschenlampe auftreiben?«, fragte er leise. Da hörte er plötzlich die Stimme von Linus.

»Es reicht, ich komm jetzt durch. Macht Platz!«

Die Männer traten zur Seite, und alle schauten gebannt zu, als eine Mütze im Loch sichtbar wurde und gleich darauf eine dicke Winterjacke.

»Mama!«, kreischte Joe erschrocken. Alle schauten ihn überrascht an. Er fiel auf die Knie und wollte helfen, bekam die Mütze zu fassen und zog. Er richtete sich mit der Mütze in der Hand auf und schaute erschrocken auf das Gesicht in dem Loch.

»Oh mein Gott«, seufzte Waldinger. »Meine Helga!«

*

Mit vereinten Kräften zogen sie Helga und Linus ans Tageslicht. Beide hielten die Hände vor die Augen, baten um eine Sonnenbrille und eine warme Decke. Waldinger legte Helga seinen Anorak um und zog sie tief erschüttert an seine Brust. Tränen rannen über seine Wangen, ihm war schwindlig vor Kummer und Glück, und er war froh, sich an Helga festhalten zu können. Er bekam nichts mehr mit, was um ihn herum geschah. Er spürte Helga an seiner Brust und hatte das Gefühl davonzuschweben. Helga lebte, er hatte sie wieder, und er war es, der sie wärmen durfte. Mehr musste er nicht wissen, alles andere war unwichtig. Minutenlang standen sie schweigend da.

Erst als der Krankentransporter mit eingeschalteten Sirenen sich auf der Straße näherte, blickte Waldinger kurz auf. Die Bergretter standen an ihre Schaufeln gelehnt und ließen zwei Wasserflaschen rundum gehen. Jenny gestikulierte, und Linus nickte.

Vorsichtig löste Waldinger sich von Helga, um ihr ins Gesicht zu sehen. Faltig und verweint kam sie ihm vor, alt geworden. Über Nacht. Was sie in den letzten Tagen mitgemacht hatte!

Seine eigenen Ängste und Sorgen kamen ihm plötzlich kindisch vor. Eingesperrt in einer Höhle aus Eis und Schnee. Wie sie das wohl verkraften würde? Unter der dunklen Sonnenbrille konnte er ihre Augen nicht sehen. Und sie hatte noch keinen einzigen Ton gesagt. Vorsichtig nahm er sie bei der Hand und flüsterte: »Ich bin so froh, Helga! Alles wird gut!«

Die Sirene war verstummt. Die Sanitäter kamen mit einer Trage durch den Schnee gestapft. Völlig fertig ließ Helga sich von Waldinger daraufbetten. Er lief neben der Trage her und ließ ihre Hand nicht mehr los. Hinter ihnen ging Linus, gestützt von Jenny und Joe, zum Transporter.

»Kann ich Linus nach Hause bringen?«, fragte Jenny.

Der Sanitäter schüttelte ernst den Kopf. »Sie müssen beide für eine Nacht ins Krankenhaus.«

Er wandte sich Helga und Linus zu. »Ihr braucht Überwachung. Niemand weiß, was in euren Körpern jetzt vorgeht. Die Kälte, kein Essen, kein Wasser …«

»Nur Schnaps«, sagte Linus.

Der Sanitäter schaute ihn überrascht an.

»Wir mussten uns warmhalten. Es gab nur Schnaps«, sagte Linus mit heiserer Stimme.

Helga nickte benommen. Sie hatte sich auf der Trage aufgesetzt und legte sich schnell wieder hin. Mit beiden Händen langte sie an den Hals. Sie brachte noch immer kein klares Wort heraus.

Der Sanitäter kümmerte sich um Linus und Helga und sagte dann zu Waldinger: »Mehr Platz habe ich nicht. Wir fahren ins Krankenhaus nach Bregenz. Kümmert euch doch selber um ein Taxi und bringt den beiden warme frische Wäsche und Kleidung mit.«

Alle folgten seinen Anweisungen. Die Bergretter wollten bei Berndt im Holzschopf noch ein Bier trinken. Jenny wollte Opa Bescheid geben und frische Sachen für Linus mitnehmen. Waldinger setzte sich fix und fertig in Berndts Auto. Der brachte Joe, Jenny und Waldinger ins Dorf hinunter. Doch Waldinger konnte nicht selber weiterfahren. Er konnte sich heute unmöglich auf den Straßenverkehr konzentrieren. Wieso war Helga mit Linus in der Höhle gewesen?

*

Waldinger hatte die Schihose von Alois ausgezogen, daheim frische Sachen besorgt und eine kleine Tasche für Helga gepackt. Ihr Toilettenbeutel war immer noch im Rucksack am Körbersee, und so packte Waldinger eine frische Zahnbürste und seinen Kamm für sie ein. In diesen Angelegenheiten fühlte er sich hilflos. Was würde Helga im Krankenhaus sonst noch brauchen? Er zuckte mit den Schultern. Sollte er Kathrin fragen?

Kathrin! Waldinger ließ alles liegen und rannte zum Telefon. Er musste als Erstes Kathrin Bescheid geben. Gott sei Dank, dass ihm das noch in den Sinn kam.

Wie immer nahm sie beim ersten Klingeln ab. »Papa?«

»Mama ist wieder da. Sie muss noch ins Krankenhaus, aber es geht ihr gut. Ich muss was packen für eine Nacht, aber ich weiß nicht, was.«

»Gott sei Dank. Oh mein Gott, bin ich froh. Wo war sie denn?«

»Eine lange Geschichte, Kathrin. Eingeschneit. Ich erzähl es dir dann. Alles ist wieder gut. Ich hab nur eine Zahnbürste eingepackt.«

»Frische Unterwasche, dicke Socken, bequeme Hose, frische T-Shirts, ein warmer Pulli, Hausschuhe und Bademantel, eine Gesichtscreme und Shampoo. Ach was, Papa fahr los. Ich bring die Sachen nach. Lass sie nicht länger alleine.«

*

Am Abend saß Waldinger alleine an Helgas Bett. Kathrin war besorgt, aber glücklich wieder heimgefahren. Helga schlief den Schlaf der Erschöpften. Es hatte sich noch keine Gelegenheit gefunden, in Ruhe miteinander zu sprechen. Waldinger zerbrach sich den Kopf, welcher Wochentag denn heute war. Es musste die Nacht von Dienstag auf Mittwoch sein. Fast drei Tage lang hatte Helga in der eiskalten Dunkelheit ausgeharrt. Wie würde sie damit umgehen können?

Er betrachtete ihr Gesicht, sie schien zu träumen, immer wieder verzog sie den Mund und machte sorgenvolle Geräusche. Die anderen Geräusche kamen allerdings vom Flur. Feste Schritte hatten vor Helgas Zimmer haltgemacht. Ein kurzes leises Klopfen, dann wurde die Tür leise aufgedrückt. Waldinger erwartete eine Schwester und schaute nur kurz zur Tür. Doch die Frau trug keinen weißen Krankenhauskittel, sie war knallbunt gekleidet, und ihre Frisur glich einem Vogelnest. Der Geruch nach Zigarettenrauch spülte in das sterile Zimmer, und die Frau huschte herein. Ohne zu fragen, hob sie die Spiegelreflexkamera, die an einem Band um ihren Nacken baumelte und fotografierte Waldinger. Dann eilte sie auf ihn zu, um ihm die Hand zu geben, die er sprachlos drückte. War er selber eingeschlafen? Träumte er bereits? Die Hand war eiskalt.

»Carola«, hauchte die heisere Stimme. »Erzählen Sie mir Ihre Geschichte!«

Instinktiv schüttelte Waldinger abwehrend den Kopf und hob den Zeigefinger vor seine Lippen.

»Psst. Sie braucht den Schlaf.«

Die kalte Hand griff wieder nach ihm. »Wir sprechen besser in der Cafeteria. Ein Kaffee würde uns beiden guttun«, flüsterte sie.

Waldinger schüttelte die Hand ab und flüsterte: »Ich bleib hier. Wer bist du? Was willst du?«

»Ich schreib über das Wunder vom Hochtannberg.«

»Presse?«, entfuhr es Waldinger lauter als beabsichtigt.

»Raus hier!« Er zeigte zur Tür.

»Ich möchte nur …«

Jetzt packte Waldinger die Frau am Ärmel und bugsierte sie in den Flur. Draußen ließ er sie los, ging in Helgas Zimmer und drückte die Tür mit seinem Körpergewicht zu.

»So eine Unverschämtheit. Das Wunder vom Hochtannberg! Agh!«

## Mittwoch, 14. Dezember

Helgas Schlaf hatte sich in der Nacht beruhigt. Der Arzt war am Morgen kurz bei ihr gewesen und hatte gemeint: »Das sieht gut aus. Sie wird bald wieder auf den Beinen sein. Aber Sie sehen aus, als könnten Sie ein Frühstück brauchen. Gehen Sie doch kurz was essen. Ihre Frau wird bestimmt noch ein, zwei Stündchen schlafen.«

»Und dann? Ist sie danach voll ansprechbar?«

»Sie wird vermutlich ansprechbar sein, aber natürlich in kleinster Weise belastbar. So ein Ereignis muss erst aufgearbeitet werden.«

»Wie lange wird das dauern?«

»Alles mit der Ruhe, jetzt gehen Sie erst mal frühstücken.«

Nur ungern verließ Waldinger den Platz an Helgas Seite. Doch der Arzt hatte recht. Langsam wanderte Waldinger durch die langen Flure und wählte dann das einsame Treppenhaus für den Gang ins Erdgeschoss. Nach der Euphorie und Freude über Helgas Auftauchen gestern setzte nun langsam die Ernüchterung ein. Es gab zu viel, das er dringend mit ihr besprechen müsste. Dieses Warten machte ihn nervös.

Er setzte sich auf eine der kalten Steinstufen und schaute aus dem Fenster in die tiefwinterliche und weihnachtlich dekorierte Stadt hinaus. Wie war Helga in die Höhle gekommen? Was spielte Linus für eine Rolle, und wie würde sie auf die Nachricht von Ingrids Tod reagieren? Wusste sie davon? Eher nicht, zumindest nicht, wenn sie nichts damit zu tun hatte. Auch Linus nicht. Ingrid war erst nach dem Lawinenabgang gestorben. Lieber Gott, hilf mir. Lass es einen normalen Herzinfarkt gewesen sein.

Er würde Renate Koch anrufen. Seine Kollegen bei der Kripo wussten vielleicht schon mehr, und er zerbrach sich hier den Kopf über Probleme, die längst keine mehr waren. Er schaute auf sein Handy, stellte sich ans Fenster und wählte Kochs Nummer. Sie würde ihm Gewissheit und Erleichterung verschaffen können. Sicher arbeitete sie mit Hochdruck an dieser Geschichte, um ihn, ihren Chef, endlich reinzuwaschen. »Renate Koch«, meldete sie sich.

»Servus, Renate. Ich bin's, Nolde. Gibt es was Neues?«

»Wo bist du?«

»Im Krankenhaus. Du weißt es vermutlich noch gar nicht. Ich hab Helga gefunden!«

»Das Wunder vom Hochtannberg.«

»Ja, was, äh?«

»So stand es heute im Internet.«

Waldinger wurde schlecht. Er setzte sich. Das konnte nicht wahr sein.

»Gott sei Dank«, sagte Koch, »ist zumindest dieser Teil der Geschichte gut ausgegangen.«

»Was meinst du damit?«

»Ich darf dir leider keine Auskunft geben. Tut mir leid, Reinhold, aber ich bin im Dienst. Grüß Helga von mir.«

Aufgelegt!

Wider Erwarten bekam Waldinger doch Appetit, als er die frischen Backwaren in der Cafeteria sah und ihm der Kaffeeduft in die Nase stieg. Er aß zwei mit Käse belegte Brötchen und bestellte noch eine zweite Tasse Kaffee. Als ein anderer Gast die Tageszeitung auf die Kommode neben Waldinger zurücklegte, griff er zu.

Hoffentlich hatte das Wunder vom Hochtannberg es noch nicht in die Zeitung geschafft. Auf der Titelseite prangte ein großes Foto der lebenden Krippentiere vom Dornbirner Weihnachtsmarkt. Das war ein gutes Zeichen. Vermutlich war gestern in der Zeitungsredaktion noch kein Bericht von einem Wunder eingegangen. Ansonsten hätte das es sicher auf die Titelseite geschafft.

Er blätterte um und las in Ruhe die aktuellen Tagesnachrichten. Er hatte seit Samstag im Grunde nur noch Wetter- und Lawinenberichte gehört und gelesen. Und auch heute drehte sich noch vieles um die Schneesituation in ganz Österreich. Die Lage hatte sich jedoch überall entspannt, die Termine für die Weihnachtsmärkte hatten eine ganze Seite gefüllt, und im ganzen Land waren alle Schilifte in Betrieb. Die Prognosen für das Weihnachtsgeschäft waren erfolgversprechend, die Hotels ausgebucht, und die Sportgeschäfte wurden von den Leuten gestürmt. Die positiven Nachrichten taten gut. Waldinger trank einen Schluck Kaffee und lehnte sich entspannt zurück. Weihnachten kam auch dieses Jahr. Und Silvester. Und danach ein neues Jahr, das war gut. Ein neuer Anfang.

Er blätterte langsam weiter und erschrak. Die Todesanzeige von Ingrid. Ihm wurde heiß. Er schaute minutenlang aus dem Fenster, beobachtete eine Amsel, die in der kahlen Hecke irgendwelche verschrumpelten kleinen Beeren pikste. Irgendwann schaute er wieder auf die Anzeige. Das Foto war vermutlich schon vor einigen Jahren gemacht worden. Seine Schwägerin wirkte jung. Nur wer genauer hinsah, bemerkte den verbissenen Zug hinter dem Lächeln. Wer es wohl ausgesucht hatte? Wie es Alois mittlerweile ging? Waldingers Blick wanderte zum Text. Unvorbereitet durch Herzversagen aus unserer Mitte gerissen. Die Beerdigung sollte am Freitagvormittag in Schröcken stattfinden. Unterzeichnet: Dein Gatte Alois, Kinder: Josef und Jennifer, Georg und Fenja; deine Schwester: Helga Waldinger mit Familie im Namen aller Verwandten.

Er faltete die Zeitung zusammen und legte sie beiseite. Der Kaffee war kalt geworden, sein Appetit vergangen. Er musste wieder hoch. Er wollte sehen, ob Linus bereits ansprechbar war, und auch Helga konnte jeden Moment aufwachen.

Waldinger ging zur Rezeption, um sich zu erkundigen, in welchem Zimmer Linus untergebracht war. Da noch zwei Frauen in ein Gespräch mit der Dame vom Empfang verwickelt waren, ging Waldinger hin und her. Linus würde ihm Antworten geben können. Vermutlich war es sogar besser, erst mit ihm zu sprechen. Dann könnte er danach besser abschätzen, mit was er Helga konfrontieren konnte und was sie nicht vertragen würde. In Gedanken legte er sich bereits ein paar Fragen an Linus zurecht. Vor dem großen Fenster in der Eingangshalle machte er wieder kehrt und lief Richtung Lift. Die Damen plauderten noch immer. Einmal würde er die Halle noch durchqueren, dann würde er sich dazustellen, damit sie merkten, dass er wartete. Beim Lift angelangt, drehte er um und lief wieder Richtung Eingang. Durch die Fensterscheibe sah er jemanden Bekannten auf die Eingangstür zukommen. Die Gestalt hatte die dicke Daunenjacke bis zum Kinn hochgezogen. Waldinger blieb stehen, kam aber nicht darauf, wer es war. Der Gang, die Figur, das konnte nur … Da trat der Bekannte auch schon durch die Tür.

»Guten Morgen, Reinhold, das trifft sich gut.«

»Morgen. Was machst du hier?«

»Ich suche dich«, sagte Kollege Meuse. »Beziehungsweise, ich hab dich ja schon gefunden. Ich möchte, dass du kurz mitkommst.«

»Wohin? Ich kann unmöglich weg.«

»Es wird nicht lange dauern. Wir müssen nur kurz was abklären.«

»Ich komm morgen. Heute muss ich mich dringend um Helga kümmern.«

»Reinhold, es dauert nicht lange. Mach keinen Aufstand und komm mit.«

»Wegen was, um was …?«

»Hol deine Jacke, es ist kalt draußen. Ich bring dich auch wieder hierher.«

»Ich hab meine Jacke oben im Zimmer von Helga. Ich muss kurz rauf, ich komm gleich wieder.«

»Du hast uns schon einmal verarscht. Ich würde dir raten, in einer Minute wieder hier zu sein.« Meuses Stimme klang eiskalt. Waldinger fröstelte, und er lief die Treppen im Stiegenhaus im Laufschritt hinauf. Er musste nach Helga sehen. Helga ging vor.

Sie schlief tatsächlich noch. Waldinger beugte sich über sie und küsste sie sanft. Ihre Wangen glühten. Hoffentlich bekam sie kein Fieber. Ob er nach einem Arzt rufen sollte? Nein, sie wurde überwacht, sie war in guten Händen, er konnte sie durchaus eine halbe Stunde allein lassen. Meuse hatte nicht ausgesehen, ob er ohne Waldinger das Spital wieder verlassen würde. Er würde sich entschuldigen, das Abhauen vom Hotel war wirklich kindisch gewesen. Schließlich mussten sie noch ein paar Jahre zusammenarbeiten. Meuse passte schon zur Kripo. Er war ja nur selten allein unterwegs, und zu viel Mitleid und Mitgefühl waren auch nicht immer von Vorteil.

*

Meuse blieb schweigsam. Waldinger schaute aus dem fahrenden Auto und fragte sich, was hier vor sich ging. Wollte Meuse ihn mit dieser Wortkargheit nervös machen? Pah, da täuschte er sich. Nach den vergangenen Tagen würde er sich von nichts mehr erschüttern lassen. Was könnte ihm Schlimmeres passieren als diese Angst um Helga? Er hielt inne und überlegte. Nein, ihm fiel nichts ein. Helga lebte, sie würde gesund werden, und sie konnten dort weitermachen, wo sie am Samstag aufgehört hatten. Alles war gut. Helga war da. Gut so.

Waldinger entspannte sich in dem warmen Auto und gähnte herzhaft. Auf der Hauptstraße gab Meuse Gas, und Waldinger fielen die Augen zu.

Das Abstellen des Motors weckte Waldinger. Benommen schaute er sich um. Der Parkplatz vor dem Landeskriminalamt. Er konnte nur eine Minute geschlafen haben. Es kam ihm vor, als wäre er seit Monaten nicht mehr hier gewesen. Er überlegte und zählte an seinen Fingern rückwärts. Sein letzter Arbeitstag war erst fünf Tage her. Das konnte nicht sein.

Meuse räusperte sich. »Komm mit!«

Waldinger schüttelte die Benommenheit aus dem Kopf und stieg aus. Ohne Worte ging Meuse vor ihm her, und Waldinger folgte. Gewohnheitsgemäß bog er in sein Büro ab.

Annette, seine Sekretärin, grüßte ihn: »Servus, Nolde. Wie geht es dir? Gott sei Dank ist Helga wieder aufgetaucht.« Sie berührte ihn leicht am Arm. »Ich nehm dir deine Jacke ab.«

Waldinger zog sie aus. »Danke.«

Dann öffnete er die Tür zu seinem Büro. Es war der Staatsanwalt, der auf seinem Schreibtischstuhl thronte und ihn in sein eigenes Büro hereinwinkte. Annette schloss sanft die Tür hinter ihm.

»Mein Freund Waldinger, nehmen Sie Platz.«

Staatsanwalt Seidl blieb sitzen und gab ihm auch nicht die Hand. Waldinger atmete ein und hielt die Luft an. Er schaute sich um. Alles an seinem Platz, alles wie immer. Nur Staatsanwalt Seidl auf seinem Stuhl, das war noch nie vorgekommen. Nervös atmete Waldinger aus und setzte sich.

»Grüß Gott, Herr Seidl!«

»Waldinger, was ist mit Ihnen? Ich hab Sie meistens für einen kompetenten Mitarbeiter gehalten.«

»Mit mir ist nichts. Ich hab Urlaub, aber am Montag bin ich wieder da.«

»Ich fürchte, nicht erst am Montag. Hat Meuse Sie nicht vorbereitet?«

»Meuse? Auf was denn vorbereitet? Ist mein Urlaub schon zu Ende? Gibt es einen neuen Fall? Heute kann ich noch nicht, aber …«

»Es gibt einen neuen Fall.« Der Staatsanwalt nickte. »Einen neuen Fall für Koch und Meuse. Er nennt sich Mord am Körbersee, und als Hauptverdächtiger gilt das Ehepaar Waldinger.«

*

Es war Mittag, als die Ärzte das Okay gaben und Linus im Krankenhaus abgeholt werden konnte.

Jenny saß bei Opa in der Stube und wartete nervös. Berndt hatte versprochen, Linus abzuholen. Joe war nach Hause an den Körbersee gefahren. Er würde Georg heute helfen, die Beerdigung vorzubereiten. Jenny wollte mit Opa und Linus allein sprechen. Alles musste geklärt werden. Sie mochte keine Geheimnisse in ihrer Familie. Sie hoffte nur, dass ihr Verdacht sich nicht bestätigen würde, doch das ungute Gefühl in ihrer Magengegend verstärkte sich von Minute zu Minute. Opa hatte sich zu einem Mittagsschläfchen auf das knarrende Kanapee gelegt, und Jenny stand am Fenster. Sie konnte nur warten und hoffen, alles andere lag nicht in ihrer Hand.

Beinahe schüchtern ging sie zur Haustür, als sie Berndts Auto vorfahren sah. Sie wartete, bis Linus sich verabschiedet hatte, winkte Berndt zu und hielt ihrem Zwillingsbruder die Tür weit auf.

Endlich saßen Jenny, Linus und Opa gemeinsam an dem alten Küchentisch. Jenny bat: »Linus, fang du an.«

Linus lehnte sich auf der Eckbank zurück und legte seine Hände auf den Tisch. Sie waren dick verbundenen. »Welcher Tag ist eigentlich heute?«

»Mittwoch«, antwortete Jenny. »Was ist mit deinen Händen?«

»Ich hab tagelang mit bloßen Händen gegraben. Den Schnee aus dem Loch gekratzt. Es war sinnlos. Aber ich konnte nicht nichts tun.«

»Wieso wart ihr in dem Stollen?«

»Du hast mich am Samstag gebeten, die Ausflügler ins Tal zu bringen. Ich war extra früh dran, ich hatte den ganzen Tag noch keine Zeit für eine Pause gefunden und wollte bei euch noch etwas essen. Als ich mit der Pistenwalze zum Hotel fuhr, sah ich Ingrid.«

»Du meinst wohl eher Helga.«

»Die Frau trug die Mütze und die Winterjacke von Ingrid. Ich wollte deine Schwiegi ein wenig erschrecken und fuhr direkt auf sie zu. Sie wollte wegrennen und fiel in den tiefen Schnee. Ich schnappte mir eine der Decken aus der Kabine, wickelte sie darin ein und schob sie in die Pistenwalze.«

»Warum? Linus, warum?«

»Du hast immer wieder erzählt, wie sehr Ingrid dir zusetzt. Ich wollte ihr einen Dämpfer verpassen. Sie weinte und jammerte, und ich sagte: ‚Sei still, sonst bekommst du einen Knebel in den Mund.' Mit ein paar Seilen wickelte ich sie fest in die Decke.«

»Aber es war Helga! Das musst du doch bemerkt haben.«

»Ich drehte die Musik voll auf und fuhr mit ihr die Talabfahrt runter nach Schröcken. Sie war völlig ruhig, sie hatte wohl Angst vor mir. Ich bugsierte sie in mein Auto, wir fuhren bis zur Kurve oben vor der Nesslegg, und ich schleppte sie durch den Schnee zum Eingang in den Stollen.«

»Wie bist du auf den Stollen gekommen?«

»Ich wollte noch den Schnaps rausholen. Auf jeden Fall dachte ich, jetzt hol ich die Ausflügler, komm in zwei Stunden zurück, und dann sag ich ihr mal meine Meinung. Ich dachte, wenn sie mich fürchtet, zeigt sie mehr Respekt vor dir. Auf jeden Fall hab ich sie darin allein gelassen, den Eingang mit Schnee verdeckt und bin zurück zu euch, um die Ausflügler zu holen. Danach wollte ich sie wieder rausholen und ihr ins Gewissen reden. Ich wollte ihr einfach zeigen, dass du Leute hast, die hinter dir stehen, und dass sie mit dir nicht machen kann, was sie will.«

»Deshalb bist du so spät gekommen?«

»Ja, und ich dachte, mich trifft der Schlag, als ich Ingrid im Hotel gesehen habe. So schnell wie möglich hab ich die Ausflügler runtergebracht und wollte hoch, um die Frau wieder rauszulassen.«

»Mit Sekt und Pralinen.«

»Ich wollte mich entschuldigen, ich hatte ein schlechtes Gewissen. Und ich war kaum im Stollen drin, als über uns die Lawine abging. Wir saßen fest. Gott sei Dank war ich bei ihr, alleine hätte sie durchgedreht. Sie hat sich zwar aus der Decke befreien können, doch alles war stockfinster, und sie hatte keine Ahnung, wo sie war.«

»Und dann habt ihr Pralinen gegessen?«

»Wir hatten Sekt und Pralinen und Schnaps. Berndt und ich hatten das Lager noch nicht ausgeräumt. Wir hatten also auch Fackeln und Scheinwerfer. Stundenlang hab ich mit bloßen Händen gegraben. Jede Handvoll Schnee musste ich rückwärts robbend fünf Meter ins Stolleninnere ziehen, es war grauenhaft. Kein Ende in Sicht.«

Waldinger wollte nur zurück zu Helga. Der Staatsanwalt hatte fast die gesamte Belegschaft des Landeskriminalamtes in den Besprechungsraum geladen. Alle wussten, was nun kommen würde, nur Waldinger konnte sich keinen Reim darauf machen. Nervös saß er auf einem der Holzstühle und schluckte seine Besorgnis hinunter.

Es war Meuse, der die unangenehme Stille unterbrach. Er stand auf und hielt einen Beutel mit einem braunen Fläschchen in die Höhe.

»Der Fall Körbersee hatte bei uns oberste Priorität. Jeder im Team hat diesen Fall bevorzugt behandelt, schließlich ist ein Kollege von uns persönlich involviert. Gerne hätten wir hier ein anderes Ergebnis präsentiert, doch die Fakten sprechen für sich. Willi, übernimmst du die Ergebnisse der Spurensicherung?«

Willi stand auf und kratzte sich am Hinterkopf. »Es ist wohl das Einfachste, wenn wir keine Staatsaffäre daraus machen. Die detaillierten Ergebnisse sind zwar für den Richter relevant, doch im Moment reicht eine Zusammenfassung. Ingrid ist an einer Überdosis gestorben. Eine Überdosis Fingerhut. Spuren von Fingerhut haben wir in diesem Fläschchen gefunden.«

Meuse schwenkte den Beutel, und Willi fuhr fort: »Wenn sie die darauf empfohlene Dosis eingehalten hätte, wäre ihr nur schlecht geworden, Kopfschmerzen, das Übliche. Vielleicht ein paar Tage nicht auf den Beinen. Doch sie hat wohl viel zu viel von dem angeblichen Beruhigungsmittel eingenommen.«

Willi setzte sich wieder. Meuse stand auf. »Die wichtigste Info fehlt noch. Neben den Fingerabdrücken von Ingrid ist die Flasche voll mit Abdrücken von Kollege Waldinger.«

Meuse schaute ihn geradeheraus an. »Wir können dir leider nur empfehlen, dich mit deinem Anwalt zu beraten.«

*

Jenny schaute zu Opa, der bisher wortlos Linus' Ausführungen gefolgt war. Er nickte bedächtig. »Ich kann Linus verstehen. Es war kein guter Plan, es war überhaupt kein Plan, aber er hatte nichts Böses gewollt.«

Erleichtert nickte Linus. »Normalerweise wären wir raus aus dem Stollen, und ich hätte Helga heimgefahren. Ein Abenteuer, über das wir noch oft gemeinsam gelacht hätten. Und Ende. Aber diese verdammte Lawine, mit der hatte ich nicht gerechnet.«

»Und trotz allem war es ein Glück, dass sie euch nicht erwischt hat. Fünf Minuten später und ihr hättet schlecht ausgesehen.« Jenny wurde beim bloßen Gedanken daran übel. »Ich darf gar nicht daran denken.«

»Es war eine verdammt beschissene Zeit da drinnen, aber zumindest leben wir noch.«

»Im Gegensatz zu Ingrid«, flüsterte Jenny.

Linus schaute sie zweifelnd an. »Ingrid?«

»Ja. Hat Berndt dir nichts erzählt?«

»Berndt hat die ganze Fahrt über nur von seiner neuen Freundin erzählt. Diesmal scheint es ihn so richtig erwischt zu haben. Was ist denn mit Ingrid?«

Jenny stand auf und schenkte sich ein Glas Wasser ein. Sie schaute Linus in die Augen und sagte klar und deutlich: »Sie lebt nicht mehr. Und der Hund auch nicht.«

»Aber wieso …?«

Jenny schaute zu ihrem Opa. »Herzstillstand.«

Linus sprang auf. »Nein, das ist nicht wahr, oder?«

»Doch«, sagte Jenny. »Oder, Opa?«

Opa wiegte bedächtig den Kopf hin und her. »Linus hat mir letzte Woche erzählt, wie sie mit dir umgeht. Ich dachte an eine kleine Schwäche zum Saisonstart. Dann hätte das neue Personal gleich dich und Joe als Chefin und Chef akzeptiert.«

»Eine kleine Schwäche?«

»Sie muss das Beruhigungsmittel in großen Mengen eingenommen haben. In viel zu großen Mengen. Was ist denn vorgefallen?«

»Vermutlich hat sie es nicht ertragen, dass Georg seinen Anteil am Hotel ausbezahlt haben wollte und darauf gedrängt hat, den Gasthof an uns zu überschreiben.«

»Das erklärt manches.«

»Aber, Opa, die Polizei wird alles rausfinden. Was sollen wir tun?«

»Wir sagen die Wahrheit. Du hast dir nichts zuschulden kommen lassen, und ich bin alt. Ich bin nicht mehr wichtig. Jenny, bleib immer bei der Wahrheit und sei stark. Stark für dich und dein Kind, damit in unsere Familie endlich Glück einziehen kann. Das ist deine Aufgabe, Jenny, und du bist bereit dazu!«

*

Waldinger hatte es dem Kollegen Willi von der Spurensicherung zu verdanken, dass er zurück ins Krankenhaus gebracht wurde. Gegen Waldinger wurde tatsächlich ermittelt. Mordverdacht. Wenn es nicht gar so dramatisch gewesen wäre, hätte er lachen müssen. Doch im Kriminalamt war die Lage todernst gewesen. Seine angebliche Flucht vom Körbersee hatte alles zusammen nicht besser gemacht. Er könnte sich selber in den Arsch treten, dass er Koch und Meuse dort oben so im Stich gelassen hatte.

Er musste tatsächlich froh sein, dass Willi sich für ihn eingesetzt hatte. Er durfte zurück zu Helga ins Krankenhaus. Reisen waren nicht erlaubt, er musste sich jederzeit für die Kriminalpolizei zur Verfügung halten. Im Dienst hatte er nichts zu suchen. Ob bis auf Weiteres oder für immer, das würde sich in den nächsten Wochen entscheiden.

Helga lag wach in dem großen Krankenhausbett.

Waldinger ging auf sie zu, blickte in ihre trüben Augen und versuchte, ihren unsteten Blick festzuhalten. Es gelang ihm nicht. Er deutete ein Lächeln an, doch Helga verzog keine Miene.

Behutsam legte er eine Hand an ihre Wange und flüsterte: »Helga, du bist wach?«

Sie nickte unmerklich, schaute ihn aber nicht an.

»Helga! Ich bin so froh!« Er strich eine Haarsträhne hinter ihr Ohr. »Ohne dich könnte ich nicht leben.«

»Wo warst du?«, fragte sie heiser.

»Ich war kurz im Kriminalamt, aber …«

Helga drehte ihm ihr Gesicht zu und schaute ihn endlich richtig an.

»Die Arbeit geht natürlich vor.«

»Nein, Helga, ich wollte bei dir bleiben.«

»Erspar es uns!« Sie drehte den Kopf weg und schloss die

Augen. »Lass mich allein!«

Waldingers Herz verkrampfte sich in seiner Brust. Er bekam kaum Luft, und doch musste er endlich seine Fragen stellen.

»Helga, was ist mit Linus?«

»Wieso, geht es ihm nicht gut?«

»Er wurde bereits entlassen, ihm geht es gut.«

»Wieso bist du nicht bei mir geblieben?«

»Ich konnte nicht … ich, ich stehe unter Mordverdacht.«

Waldinger brachte die Worte kaum über seine Lippen. Es war unvorstellbar. Ein Albtraum. Es war absurd und traurig gleichzeitig.

Helga starrte ihn entsetzt an.

»Helga, ich hab nichts getan, du kennst mich.«

Er legte ihr beruhigend eine Hand auf die Schulter.

»Mordverdacht?!«

»Ich hab dich am Körbersee nirgends gefunden, und da standen diese Beruhigungstropfen. Ich wollte ein paar Tropfen einnehmen und hatte die Flasche in der Hand. Die Spusi hat die Flasche unter deinem Bett im Gästezimmer gefunden mit meinen Fingerabdrücken drauf, und jetzt stehe ich, wir …«

»Nolde, hast du gesoffen? Was um Himmels willen redest du da? Wer ist denn überhaupt tot?«

Es nützte nichts, sie musste es schließlich erfahren.

»Deine Schwester, Ingrid.«

»Was ist jetzt auch noch mit Ingrid? Nolde! Red endlich!«, sagte Helga leise und weinerlich.

»Ingrid ist tot. Sie ist am Sonntag an Herzversagen gestorben.«

Helgas Gesicht wurde schneeweiß. Er sah die feinen blauen Adern an ihrer Schläfe. Sie wirkte so verletzlich, so schwach. Sie reagierte nicht mehr. Waldinger drückte den Notknopf über ihrem Bett.

*

Als es klingelte, öffnete Jenny die Tür von Opas Haus. Linus hatte sich schlafen gelegt. Mittlerweile brauchten die Beamten sich nicht mehr vorzustellen. Sie öffnete, und Koch und Meuse traten ein.

Opa blieb auf dem Kanapee sitzen, als er ihnen die Hand gab. Jenny runzelte sorgenvoll die Stirn. Unter normalen Umständen wäre er in dieser Situation aufgestanden.

Koch und Meuse nahmen nach der Begrüßung ebenfalls Platz.

»Kaffee?«, fragte Jenny unsicher.

»Wir wollen nicht bleiben«, wehrte Koch ab, und Meuse fügte hinzu: »Wir werden Sie mitnehmen müssen, Sepp. Sie wissen, warum?«

Opa nickte. »Sie hat zu viel davon eingenommen.«

»Ist das ein Schuldeingeständnis?«, fragte Meuse.

»Das ist eine Tatsache.«

»Was hat Waldinger damit zu tun?«, fragte Koch.

»Nichts. Ich hab die Mischung selber gepanscht, ohne einen Auftrag bekommen zu haben. Es ist meine Schuld.«

Opa stand mühsam auf. »Jenny, hilfst du mir, meine Sachen zu packen?«

Jenny stürzte auf Opa zu und hielt ihn fest. »Sie können dich nicht mitnehmen. Sie können dich nicht ins Gefängnis stecken.« Sie schaute zu Koch. »Das überlebt er nicht.«

»Es geht vorerst nicht ums Gefängnis. Wir müssen ihn im Kriminalamt ausführlich befragen. Über Gefängnis oder nicht wird der Richter entscheiden. Bis dahin können Monate vergehen.«

»Jenny, sei so gut und hilf mir.«

»Aber die Beerdigung von Ingrid. Morgen. Könnt ihr das Verhör nicht auf morgen Nachmittag verschieben?«

»Aufschieben wird nichts nützen, Jenny«, sagte Koch leise.

»Ich weiß, aber …«

»Nichts aber«, sagte Meuse und stand auf.

Opa sagte: »Ich habe ein schönes Leben gelebt. Ich durfte mitwirken, dass du und Linus so wunderbare Menschen geworden seid. Jenny, jetzt bist du an der Reihe, dein Leben. Mach was draus!«

## Freitag, 16. Dezember

Helga musste noch eine weitere Nacht im Krankenhaus bleiben. Am Freitagmorgen entließen die Ärzte sie nur ungern, doch die Psychologin hatte klargemacht, wie wichtig es für Helga sein würde, bei der Beerdigung ihrer einzigen Schwester dabei zu sein.

Während der Heimfahrt vom Krankenhaus nach Bizau waren Helga und Waldinger in Gedanken versunken. Ein Gespräch kam nicht in Gang. Waldinger wollte so vieles sagen, und doch wusste er nicht, wie er seine Ängste, Gefühle und Gedanken der letzten Tage in Worte fassen sollte. Am liebsten würde er einfach noch mal letzten Freitag beginnen und Helga davon abhalten, auf den Ausflug mitzugehen. Wie einfach wäre es, wenn sie die Zeit einfach für ein paar Tage zurückdrehen könnten.

Zu Hause zogen sie sich um. Schwarze Hose, schwarze Bluse, weißes Hemd. Dem Anlass entsprechend. Waldinger wollte Helgas Fassung nicht zerstören. Jedes intensivere Gespräch würde in den nächsten Tagen den richtigen Zeitpunkt finden. Heute fielen nur belanglose Sätze.

Martin hatte sich freigenommen. Er würde sie abholen kommen und mit ihnen und Kathrin gemeinsam nach Schröcken fahren. Michaela, Waldingers ältestes Kind, würde direkt in die Kirche kommen.

Als Helga im Bad war, kontrollierte Waldinger, ob sie die im Krankenhaus verschriebenen Beruhigungstabletten in der Handtasche hatte, und steckte sich selber noch schnell eine in den Mund. Jetzt hieß es, die heutige Zeremonie zu überstehen, und dann endlich hätte er Zeit für Helga. Zeit, ihre Ehe zu retten und in die Normalität zurückzukehren. Heute hieß es, sich nichts zu erlauben und Linus am besten einfach aus dem Weg zu gehen. Er, der seine Helga in diese Situation gebracht hatte. Er, der für so viel Kummer gesorgt hatte. Irgendwann würde er ein ernstes Wörtchen mit ihm reden. Doch nicht heute, so Waldingers felsenfester Vorsatz.

*

Die kleine Kirche in Schröcken füllte sich schnell. In den Trauerbänken hatte Ingrids Familie Platz genommen. Waldinger, Helga, Martin und Kathrin rutschten in die Bank dahinter. Der Duft nach Weihrauch hing in der Luft, es war eiskalt, und auf der Kirchenorgel spielte jemand eine andächtige Melodie. Das Trappen der Schuhe auf den Steinfliesen war das einzige Geräusch. Der Sarg mit Ingrid war vor dem Altar aufgebahrt. Die Trauergäste kamen in einer langen Schlange nach vorne, spritzten Weihwasser, nahmen in Gedanken Abschied und schauten auf dem Rückweg, wer alles schon in den Bänken saß. Waldinger kannte nur wenige der zahlreichen Personen in ihren schwarzen Wintermänteln. Einmal dachte er, die Ladnerin zu erkennen, doch er war sich nicht sicher.

Der Pfarrer trat ein, und eine kleine Gesangsgruppe stimmte ein erstes Lied an. »Von guten Mächten wunderbar geborgen …« Waldinger summte leise mit, stand auf und faltete die Hände. Vor ihm kniete Alois in der Trauerbank. Er hatte vergessen, sich seine wenigen Haare zu kämmen. Daneben saß Jenny. Sie schien untröstlich. Immer wieder bebten ihre Schultern aufgrund der unterdrückten Schluchzer.

Die ganze Zeremonie nahm Waldinger wie durch einen Schleier wahr. War es einfach Müdigkeit, die Wirkung der Beruhigungstablette oder was völlig anderes? Er kam sich vor wie ein Zuschauer am äußersten Rand, den das Ganze im Grunde nichts anging.

Seine Schwägerin war tot. Und er? Er fühlte nichts. Gar nichts. Nur eine unglaubliche Dankbarkeit Gott gegenüber, dass es Ingrid war, die gestorben war, und nicht Helga. Er kam sich schlecht vor dabei, doch er konnte nicht anders.

Erst als gegen Ende die persönlichen Reden anfingen, setzte Waldinger sich, und der Schleier lüftete sich ein wenig. Es war der Vorsitzende des Tourismusvereins: »Ohne Ingrid hätte der Körbersee nie diesen Aufschwung zum wohl beliebtesten Wandergebiet im Bregenzerwald erleben können.«

Waldinger nickte zustimmend. Da hatte sie ganz gewiss ihren Teil dazu beigetragen. Eine wunderschöne Gegend alleine machte noch kein Ausflugsziel. In dieser Gegend musste die Gastronomie einfach dazu passen.

Dann ging einer der Jahrgänger aus Schröcken ans Mikrofon. »Es tut uns leid, dass unsere Jahrgängerin viel zu früh durch plötzliches Herzversagen aus unserer Mitte gerissen wurde. Es macht uns nachdenklich, es hätte jeden von uns treffen können. Das Leben endet oft unerwartet schnell. Unser ganzes Beileid gilt Alois und seiner Familie.«

Herzversagen. Öffentlich war die Geschichte einfach. Doch Waldinger wusste, dass im Dorf schon die haarsträubendsten Vermutungen kursierten. Ein Mordverdacht konnte nicht geheim gehalten werden. Niemals. Aber es würde für heute das Beste sein, es bei Herzversagen zu belassen.

Nun trat Joe ans Mikro. Seine Stimme zitterte. »Danke allen, die für unsere liebe Mama beten. Wir möchten alle Freunde, Verwandten und die auswärtigen Besucher zum Totenmahl in die Mohnenfluh einladen.«

Waldinger entfuhr ein unüberhörbarer Seufzer. Helga schaute ihn stirnrunzelnd an und schüttelte fast unmerklich den Kopf.

Draußen lag viel zu viel Schnee. Morgen würde Ingrid ins Krematorium nach Hohenems gebracht werden. Die Asche würde in der Totenkapelle aufbewahrt werden, bis wieder an eine Bestattung zu denken war.

Die Menschen traten einer nach dem anderen wieder nach vorne, um der Verstorbenen noch einmal Weihwasser zu spritzen und eines der kleinen Dankeskärtchen mitzunehmen. Waldinger und Helga gehörten zu den Letzten, die die Kirche verließen. Drinnen war nur noch die allerengste Verwandtschaft. Waldinger nahm Helga an der Hand und folgte Martin und Kathrin durch den engen freigeschaufelten Gang neben dem Friedhof. Er wollte nur noch nach Hause. Doch natürlich mussten sie am obligatorischen Totenmahl teilnehmen.

*

Vor der Kirche steckten sie alle ihre eiskalten Hände in die Manteltaschen und warteten stumm. Die Trauerfamilie war immer noch in der Kirche. Die Organist spielte und spielte. Draußen war es noch kälter als in der Kirche. Unter der kahlen Linde stand eine weitere kleine Gruppe und schien zu warten. Es war nicht angebracht, vor der Familie zum Totenmahl ins warme nahe gelegene Gasthaus zu eilen.

Linus löste sich aus der Gruppe unter dem Baum und kam auf die Familie Waldinger zu. Finster schaute Waldinger auf. Was dachte dieser Linus sich? Wollte er Waldinger hier vor der Kirche zum Deppen hinstellen? Was wollte er von ihnen? Der sollte ihnen gefälligst aus dem Weg gehen! Durchatmen. Nicht heute.

Doch Linus kam gemessenen Schrittes näher. Den Kopf hoch erhoben. Er nickte Waldinger zu und legte seine Hand auf Helgas Unterarm. »Helga, wie …«

Das war jetzt zu viel. Vor allen ließ er sich hier nicht zum Deppen machen. Waldinger schaute sich unauffällig um, die Familie war noch in der Kirche. Schnell trat er einen Schritt vor und fegte mit einer scharfen Handbewegung Linus' Hand beiseite. »Verschwinde!«, zischte er zwischen zusammengebissenen Zähnen hervor.

Linus schaute ihn groß an und tippte an seine Stirn. »Ja, sag einmal, ich werd Helga noch fragen dürfen, wie es ihr geht!«

Demonstrativ ging er wieder zu Helga und legte ihr den Arm um die Schultern. In diesem Moment kamen Alois und seine Söhne aus der Kirche. Waldinger lockerte seine Schultern und setzte ein mitfühlendes Lächeln auf. Vermutlich sah die Grimasse eher furchterregend aus, denn Joe eilte zu ihm und sagte: »Ihr erfriert ja hier heraussen. Wieso seid ihr nicht schon vorgegangen?«

In Zweierreihen überquerten sie die Straße, um ins Hotel Mohnenfluh zu gelangen. Bevor sie in die Gaststube traten, wartete Waldinger auf Helga: »Kommst du bitte ganz kurz mit?«

»Was ist mit dir, Nolde? Wir essen jetzt in aller Ruhe unser Schnitzel, und dann wird Martin uns heimfahren.«

»Ich muss mit dir reden.«

»Daheim. Und jetzt tu endlich ein bisschen normal.« Und schon ging sie hinein in die warme Stube. Waldinger hinterher.

Sie setzten sich zu ihren Kindern an den Tisch, die Bedienung kam, um die Getränkewünsche aufzunehmen. Die Stimmung war gedrückt. Keiner sprach mehr als unbedingt nötig. Sie schauten sich um, tuschelten leise über die Gäste am Nachbartisch.

Waldinger bekam nichts davon mit. Er war völlig in seine Gedanken versunken. Wenn Helga die Scheidung wollte, musste er sich das jetzt auch nicht antun. Schließlich war das Helgas Verwandtschaft und nicht seine.

Die Tür wurde aufgestoßen. Jenny stand im Türrahmen, ohne Mantel mit verweinten Augen und knallroten Wangen. Alle Blicke wandten sich ihr zu. Linus stürzte zu ihr und rüttelte sie. »Jenny, was ist los?«

Die Schluchzer schüttelten sie. Sie wischte sich die triefende Nase an ihrer schwarzen Bluse ab. »Opa ist gegangen.«

## 7 Monate später

Früh am Morgen trat Michaela mit einer Tasse Kaffee in der Hand auf die Gästeterrasse des Körberseehotels. Die aufgehende Sonne beleuchtete die Berggipfel, der See zu ihren Füßen lag noch im Schatten. Zufrieden setzte sie sich auf einen der vielen Stühle. Sie liebte die morgendliche Ruhe, bevor die Hotelgäste erwachten und die ersten Wanderer auftauchten.

Es war Jenny, die kurz nach Michaela auf die Terrasse trat. »Guten Morgen, liebe Geschäftsführerin.« Jenny lachte fröhlich.

»Guten Morgen, liebe Chefin«, erwiderte Michaela und beobachtete, wie Jenny mühsam die paar Stufen zu ihr heraufkam. Ihr Bauch wurde zunehmend dicker, doch sie wirkte glücklich. Gemeinsam genossen sie den Ausblick, bevor sie den heutigen Tagesablauf besprachen.

Sie wollten gerade aufstehen und sich an die Arbeit machen, als auf dem Weg ein einzelner Wanderer auftauchte. Seine klobigen Bergschuhe waren schmutzig, und sein Haselstecken fiel Michaela sofort ins Auge. Er hatte sein Versprechen gehalten. Zufrieden stand sie auf, winkte und rief: »Guten Morgen, Papa.«

Waldinger hob kurz seinen Hut. »Guten Morgen, ab wann gibt es Frühstück?« Die Lachfalten ließen ihn jünger aussehen.

»Servus, Jenny«, sagte er, als er auf die Terrasse trat. »Gut siehst du aus, sehr gut.«

»Danke, gleichfalls. Ich sag Bescheid, dass wir draußen frühstücken. Joe wird auch gleich da sein.«

Waldinger setzte sich und zog die Bergschuhe aus. Zufrieden schaute er auf den ruhigen See hinab. »Ein herrlicher Platz, Michaela. Hast du dich gut eingewöhnt?«

»Papa, ich bin so froh, dass ich hier bin. Es ist traumhaft.«

»Jenny scheint es gut zu gehen, oder?«

»Sie ist eine tolle Chefin, wie eine Freundin, und trotzdem weiß sie genau, wo es langgeht und wie sie sich meine Arbeit vorstellt. Sie hat den Betrieb gut im Griff. Hut ab, das in ihrem Alter.«

»Hat Alois sich wieder erfangen? Ich habe ihn lange nicht mehr gesehen?«

»Alois ist die gute Seele im Hintergrund. Er macht oft einen traurigen Eindruck, besonders schwer ist es für ihn, wenn die Gäste nach Ingrid fragen. Anfangs musste er sich jedes Mal wegdrehen. So langsam kann er über sie reden, ohne sofort die Fassung zu verlieren. Abends fühlt er sich oft einsam. Ich seh ihn fast täglich unten auf dem Steg sitzen, er ist gerne allein.«

Jenny kam mit einem Stapel Teller und einer Thermoskanne zurück. Joe folgte ihr mit einem Korb voll Brot, und Alois brachte Tassen und Besteck.

»Guten Morgen, Nolde.« Alois stellte die Sachen ab und gab Waldinger die Hand. »Schön, dass man dich auch wieder einmal sieht. Wie geht's?«

»Danke gut. So ein herrlicher Morgen. Und diese Aussicht.«

Joe hatte Käse und Wurst geholt, und in stiller Eintracht frühstückten sie gemeinsam.

Jenny lehnte sich zurück und fragte: »Wie geht es Helga? Wollte sie nicht mitkommen?«

Waldinger schüttelte den Kopf. »Sie ist momentan mit Arbeit eingedeckt. Anfang Mai hat sie die Leitung des betreuten Wohnens in Bizau übernommen. Es ist voll ihr Ding. Sie geht darin auf. Es geht ihr richtig gut.«

»Dann hat sie das vorweihnachtliche Abenteuer gut überstanden?«, fragte Joe nach.

»Es hat gedauert, und es war nicht leicht. Sie geht immer noch regelmäßig zum Psychologen, das tut ihr gut.«

»Du gehst hoffentlich auch noch hin?«, fragte Michaela ernst.

»Nee, ich hab ja Helga. Ohne sie wäre ich ein halber Mensch.«

Jetzt fragte Alois weiter: »Stimmt es denn wirklich, hat dich die Kripo einfach so rausgeschmissen? Das können die doch nicht machen? Dich traf doch keine Schuld, ich mein, wegen Ingrid ...« Er schnupfte kurz, hielt aber Blickkontakt.

Waldinger nickte nachdenklich.

»Nein, die Schuld hat Jennys Opa auf sich genommen, auch wenn er niemals im Leben gewollt hätte, dass die ganze Sache so tragisch ausgeht. Aber meine Fingerabdrücke, mein Verschwinden hier, es kam einiges zusammen. Aber was soll's, wär ich bei der Kripo, wär ich jetzt auf dem Weg ins Büro nach Bregenz statt hier in den Bergen. Im Nachhinein gesehen, hat der Rausschmiss viel Gutes gebracht. Leider sieht man es immer erst viel später.«

*

Waldinger bedankte sich für das Frühstück und schnürte seine Bergschuhe wieder zu. Er konnte nicht zu lange bleiben. Er musste nach den Rindern schauen. Für hundertsiebzig Stück trug er diesen Sommer die Verantwortung. Es war an der Zeit, sich wieder auf den Weg zu machen. Die kleine alte Alphütte drei Täler weiter wartete auf ihren Hirten.

Er nahm seinen Haselstecken und marschierte mit großen Schritten Richtung Hochtannberg. Er war erst wenige Minuten gelaufen, als ein Biker ihm entgegenkam. Auf dem gekiesten Wanderweg bremste er scharf ab.

»Grüß dich, Reinhold.«

»Servus, Linus, auch schon unterwegs?«

»Bei dem Wetter kann man nicht daheim bleiben, oder? Ein herrlicher Morgen, tipptop! Auf der Alpe alles klar?«

»Ich hoffe, schau mal vorbei, würd mich freuen.«

»Das mach ich. Der Sommer dauert ja noch. Mach's gut.«

»Du auch.«

Waldinger blieb stehen und schaute Linus hinterher, der geradewegs auf das Körberseehotel zuradelte. Er lehnte das Bike an das Geländer und öffnete seine Arme. Michaela flog ihm geradezu entgegen.

Waldinger marschierte weiter und pfiff zufrieden vor sich hin.